杨建东◎著

100个疯子99个天才 III

中国致公出版社

图书在版编目（CIP）数据

100个疯子99个天才.Ⅲ / 杨建东著. -- 北京：中国致公出版社，2022

ISBN 978-7-5145-1955-6

Ⅰ.①1… Ⅱ.①杨… Ⅲ.①长篇小说－中国－当代
Ⅳ.①I247.5

中国版本图书馆CIP数据核字(2022)第057648号

100个疯子99个天才.Ⅲ / 杨建东　著
100 GE FENGZI 99 GE TIANCAI

出　　版	中国致公出版社 （北京市朝阳区八里庄西里100号住邦2000大厦1号楼西区21层）
发　　行	中国致公出版社（010-66121708）
责任编辑	杨　鸿
责任校对	邓新蓉
装帧设计	天行云翼
印　　刷	三河市金泰源印务有限公司
版　　次	2022年9月第1版
印　　次	2022年9月第1次印刷
开　　本	880 mm × 1230 mm　1/32
印　　张	7.5
字　　数	160千字
书　　号	ISBN 978-7-5145-1955-6
定　　价	42.80元

目录

目录

目录

目录

序章

曾经有个朋友问过我一个值得深思的问题：“人为什么而活？”

我当时给出了很多回答，他都只是笑笑，最后，他告诉了我他活着的目的，他说：“现在社会压力越来越大，日子越来越艰难，其实我早就不想活了。但我现在还是拼命地加班加点，挥汗如雨，在领导面前摆尽笑脸，在同事身边强颜欢笑，不是为了买房买车，也不是为了养妻养子，更不是因为有喜欢的电视剧等着我去追，我这么拼命，只是为了晚上回到家，躺在床上放空大脑后，脑海里自动浮现出那些奇思妙想，那时才是我感觉到人生真实的时候，那些才是我活着的真正意义。”

当时，我对他的回答深以为然。因为我见过的像他这样的人并不在少数。

读大学本科期间，我曾在学校开设的“心理梦工厂”担任过一段时间的心理辅导助手，读研期间，我在学校的心理咨询中心当过兼职助理，毕业后，因为薪酬待遇和女友的要求，我曾在3家精神病治疗机构工作，当过7年的精神科医生。工作期间，我认识了不少有趣的同事和患者，其中有一个朋友开设了一个名为“怪人社”的论坛，这个小众论坛的英文名为World of Weirdo，缩写为WOW。里面聚集了一批有着稀奇古怪的思想的人，他们有的是为进行心理咨询、排除忧绪而来，有的纯粹是为了表达内心对这个世界的特殊看法，有的只是为了来论坛采风取材、寻找创作灵感，又或者是参加论坛举办的一些奇思妙想征集活动……但不管怎样，在这个堪称世界的“奇迹之地”的网络世界的小小一角，我认识了许许多多的怪人朋友，收获了太多的惊奇、太多的惊喜，以及……太多的惊悚。

而多年后的今天，我在此提笔挥毫，将我深藏在内心之中的这座“精神宝山”，分享给每一个有缘人……

一、直径1.76米的世界

在我接触过的“怪人”之中，他的怪异度可以排在前三名。最初见到他的时候，他患有非常严重的自闭症，有时候他会坐在墙角，屁股贴着踢脚线，两手交错抱着肩膀，眼睛空洞地盯着地板，一眨不眨，一坐就是一整天，既不说话也不进食，就像是一座思想者塑像。

多年来的经验让我明白，和自闭症患者相处的要诀在于你绝对不可以主动先跟他们交流，因为他们绝对不会理睬你，你要耐心等，直到他有交流的想法、有物质或者其他起居方面的需求时，你再慢慢试着跟他们交流，时间长了，有时候他们心情好一点，会跟你交谈几句，那时候你千万不可以贪心而去跟他们谈太多。其实自闭症患者的内心非常敏感脆弱，他们觉察到你的行为存在一丁点儿目的性的时候，就会封闭自我，拒绝和外界交流，活在自己的世界里。

从第一次接触直到3个月后，他终于开口和我说了第一句话。

他看着我，眼睛无神地问："这里有暖气吗？"

我大喜过望，问："怎么了，你很冷？"

他："我想把衣服脱光。"

我："在这里？为什么？现在是1月，外面都结冰了，你真的冷的话，应该多穿衣服。"

他无精打采地说："我闷。"

我："屋子不通风是吗？那我把窗子打开。"

他眼睛无神地看着我："不是屋子闷，是整个世界都闷。"

我："整个世界都闷？"

他点了一下头："整个世界都闷。全世界都在挤我，我快被闷死了。"

我："可我没看到什么东西啊，怎么会全世界都在挤你呢？"

他："衣服、裤子，还有我背靠着的墙壁，脚下的地板，它们都在挤我，从四面八方挤过来，把我包裹得死死的。"

我："那怎样才不挤呢？"

他："跳起来的时候会有一瞬间不挤，但是会有风，风也在到处挤压我，就是相对轻柔一点。如果站得直一点、没有风的话，就只有脚底板会有点挤。那个时候，我和世界的接触面最小。"

我："和世界的接触面？你的意思是，你站直身体的时候，就只有脚底板和世界接触，身体的其他部分不接触是吗？"

他："对，如果我脱光了衣服，光着脚，而且在没有风的地方的话，我和世界的接触面最小。不过这个世界的整体大小还是不变的，平均直径只有1.76米而已。"

我："这个世界的直径只有1.76米？为什么？"

他：“因为我站得最直的时候是1.75米，世界为了不让我碰到它的天顶，肯定要比我稍微高那么一点点，所以我猜应该是1.76米。”

我：“听你的意思，你好像觉得这个世界是一个直径只有1.76米的球体？”

他：“你说对了，我被关在了这个球体空间里，我在这个球体空间里出生，也在这里长大。”

我：“可是你抬起手举过头顶的时候呢？肯定不止1.76米，都有2米多了吧？”

他摇摇头：“不是，我举起手的时候，球体空间就会变扁，变成椭圆形，我周围的空间会向我靠过来一些，而头顶上空出来的空间就会多一些了，这样我高举双手的时候，才会什么都摸不到，因为我头顶上方的界限变高了。”

我后退了几步，一直退到2米开外，说：“那现在呢？我现在距离你总超过2米了吧？”

他摇摇头，说：“没有，你其实还是在距离我不超过1.76米的地方，你不过是那个球体空间内壁上的一道人形投影罢了，你的投影变小了，就让我以为你距离我远了，其实你没有走那么远，我知道的。”

我：“那你可以拿一根2米长的杆子戳我试试看啊。如果你戳到了我，那就可以肯定我站在2米外了吧？”

他：“那也不行的，因为我不知道我拿到的那根杆子是不是2米。也许只有1.76米长，只是我看到了虚像，看起来像是2米。反正不管是2米还是1.76米长的杆子，我张开手臂都是摸不到杆子的头的，证明不了杆子的实际长度。我戳你的时候，只是感觉到杆子前面有障碍物挡着而已，根本不知道那个障碍物到底离我有多远。”

我：“这么说，你不相信自己眼睛看到的东西，只相信摸到的东西？”

他：“不是不相信，是没必要相信，因为这个世界本来就是假的。假的，都是假的。我已经被关死了。”

我：“可是谁要把你关起来呢？”

他：“那我怎么知道。你们把我关在这里，肯定有你们的意图，说不定是因为我威胁到了你们的存在。”

我：“我们？你是说我们是一个组织吗？”

他：“我怎么知道你们到底是什么，可能你们不是一个组织，而是一个能够控制空间形态的幽灵，也可能是一个变态科学家。反正你们现在把我关在这里就是了。”

我走上前去，抓住了他的手腕，说：“那现在呢，我抓住了你的手，你还说我只是一道投影吗？”

他：“你还是一道投影，只是变大了一点，别以为这样就能骗得过我。我能摸到的只有你的手而已。其实你的手只是球体空间表面延伸出来的一根手的形状的杆子而已。”

我又抱住了他，说：“那现在呢？我抱住了你的身子，碰到你的就不单单是我的手了吧？”

他摇摇头：“怎么样都没用，你抱住我，不过是球体空间表面的延伸物发生了变形，变成了你的身体跟我的身体接触部位形状大小的物体而已。我说了，球体空间的表面是可以变形的，变形最多的时候，它可以整个挤压过来，完完全全地包裹住我的身体表面，和我身体的每一寸地方都有接触。那是我游泳的时候。”

我：“球体空间是怎么变形的？”

他：“那我不知道。反正我就是知道球体空间能变形，我碰到桌面的时候，球体空间就会提前延伸出表面平坦的延伸物，让我以为我真的在摸桌面，其实我根本没有。我碰到地上的石子的时候，球体空间的延伸物就会变得凹凸不平，让我以为我真的在摸石头，其实那些都是假的。”

我：“可是有的东西摸上去粗糙，有的东西摸上去光滑，触感不一样啊，而且有时候温度也不一样。”

他：“球体空间表面的材料肯定很特别，它连形状都可以改变，那么改变温度和触感又有什么难的？”

我：“那好吧。球体空间的延伸物和球体空间表面会分开吗？”

他：“当然不会分开，球体空间表面就像一个水球的表面，延伸物是水球表面的波浪，如果和水球分开了，就不受球体空间的控制，不能变形了。”

我：“那你总要吃饭、喝水、呼吸吧？你吃饭的时候，球体空间的延伸物不就进入了你体内，你一闭上嘴，食物进入你的食道，延伸物不就和球体空间分开了？”

他一愣，陷入了沉思，过了好一会儿，他说：“你说的这个我以前没想过，不过我现在想通了。那些食物形状的延伸物肯定是以很细很细的丝线和球体空间连接着，从我的牙齿缝、皮肤表面的毛孔、鼻孔、耳洞之类的地方延伸出来，因为太细了，所以我才感觉不到。”

我：“那食物在你的肠胃里蠕动的时候，那些丝线也从你的肠胃里延伸出来吗？”

他：“当然了，我说过了吧，延伸物是绝对不会和球体表面断开的，最多只能够变细、变小，所以食物在我的胃、肠道里的时候，那些看不见的丝线肯定会偷偷从肠胃里钻出来，穿过我的食道，从我的牙齿缝里延伸出来，继续和球体空间连接着。”

我感到了一阵没有来由的反胃，脑海里不自觉地出现了一只被蜘蛛丝层层缠绕着的蚕蛹。

我向前走了几步，让他面对面看着我，然后我抓过他的双手，让他的手在我的背后像雨刷一样上下晃动。

我：“你的手现在在晃动，如果我真的是延伸物的话，那么我的背后就应该有丝线吧，你一晃动，那些丝线不就断了？”

他：“怎么会？丝线就像波浪一样，是会滑动的，而且比我的手的滑动速度快多了，它们会躲开我的手掌，在我碰到它们之前就滑动到下一个区域去了，我永远碰不到它们。”

我：“那如果我给你一块橡皮泥，你把它紧紧握在手里，握紧拳头，死死压扁呢？”

他：“那也没用啊，延伸物的丝线还是会从手掌、手指的缝隙里钻出来啊。你别白费力气了，我知道你是假的，和我认识的其他人一样想要让我相信你是真的。”

我：“……”

那天我没能够说服他，后来我看了他的全身检查报告，得知他以前得过哮喘病，现在有时候还会出现胸闷的症状，也许这是加强了他对这个世界的窒息感的主要原因吧。

此后他接受了为期一年半的ACT治疗，ACT治疗也就是接受与实现疗法。这种治疗方法的核心在于不去管精神病患者对这个世界本质的看法如何，而是要他们承认世界既然已经这样，那么就应该寻找在此基础上活下去的办法，进而找到能够让自己身心愉悦的生活模式，最终的结果是要把他们对关于世界本质的关注点转移到生活方式上来，从而改变之前的思维定式。

出院的时候他已经有了些精神，不过他还是喜欢穿单薄的短袖和四角裤，离开的时候也没有跟我说一句告别的话。根据他母亲的说法得知，他从小就是个性格孤僻的人，也不爱说话。

当我和他的母亲提到他的父亲时，他的母亲告诉我，他的父亲也一直很孤僻，和她结婚后就出现了抑郁症的症状，13年前就自杀了。

我不禁愕然，叹惋之余又不禁想起了美国小说家埃德加·艾伦·坡说过的话："我们所有看见的或看似的都只是一个梦在另一个梦里。"

也许，每个人都活在属于自己的球体空间里吧。

二、幽灵都市

有这么一个关于精神病的有趣例子。

有一个人，他自称在湖边见到了水怪，回去跟别人说，都没有人相信他。后来他带了相机，每天都去那个湖边，有一天，他真的拍到了水怪，于是这件事传开了。各种专家、学者都来调查，湖边的村民也开始煞有介事地讲述起湖里的怪事，说某个狂风大作的晚上在湖里见到了黑影，或者某一年有人养的羊在湖边失踪，然后新闻媒体开始争相报道，专家也开始对湖的成因进行各种分析，以此来证明该湖有存在着水怪的可能。于是几乎所有人都相信这个湖里有水怪，越来越多的游客赶来，声称自己看到了水怪。

然而多年以后，那个当初拍下了水怪的人却坦白了，其实那张照片是自己闲着无聊做的假照片，糊弄人的。但是几乎没有人相信他的话了，因为那些人已经形成了一种世界观，一种信仰，他们就是相信湖里有怪物，而且还不止一只。

人们天然就有把自己期望有的事物当作现实存在的心理，也就是宁可信其有，不可信其无的心理，这也是各种宗教理论、鬼神传说久久流传的原因。

但是，这个故事还有一个更有趣的后续。

那个拍照片的人后来又承认自己的确看到了水怪，由于周围的人的各种论调、专家的各种分析、村民的各种说法，让他自己都分不清谎言和现实了，他把自己都给欺骗了，到最后，连他都坚信自己编造的谎言就是现实：他的确看到了水怪。于是这种传闻不断扩大，最终当地旅游业得到了长足的发展。

但是，这却并不是最可怕的，更可怕的，是这个故事的结局。

多年后的一天，当一群水下考察员在水里进行考察时，他们真的发现了水怪，而且，水怪还由于受到了惊扰，掀翻了考察员的船只，船上的7名考察员集体遇难。当时在场的游客都目睹了这件恐怖的事。后来，那个湖泊被封锁了，从此无人接近。

那么，到底最初那个散布言论的人说的是真话还是谎言？还是说，谎言和信仰的传播到了一定地步，就能够把虚幻的事物转变成现实？

我之所以在这篇开头说这个故事，是因为这个故事可以检测一个人容易得精神病的程度。

你相信这个故事的第几阶段是真的？

你相信整个故事都是一个谎言，还是相信那个拍摄者说谎是真的，还是相信那些村民的传说是真的，还是相信拍摄者被自己的谎言欺骗是真的，又或者最后水怪掀翻了船只是真的？对这5个阶段的信仰程度，可以检测一个人容易得精神病的程度。

在我遇到过的精神病患者之中，有相当一部分人都是逻辑不清晰、思维混乱、有社交障碍的类型，而真正会跟我侃侃而谈、滔滔不绝讲一下午的类型，其实只占了少部分。但是那些逻辑不清晰的病人我要是把他们的事迹写出来，肯定缺乏可读性，因此，我在这里主要是抽取那些精神亢奋、乐意跟我对话的类型。

这一位就是属于极度亢奋的类型。

他："我知道你们都把我当疯子看，但是我说的话绝对是真的，没有半点虚假。如果有一天你们也碰到了跟我一样的情况，你们就会知道。"

我："好吧，好吧，我知道你看到了一些东西。但是你要让别人理解你，最需要做的就是把话说清楚是吧？喝杯水，慢慢说是什么情况。"

他："这件事要从头说起。我是去年12月的时候碰到这件怪事的。那天我开车去检修，然后从隧道里出来的时候，突然感觉不太对劲。"

我："怎么个不对劲法？"

他："就是感觉天一下子阴了下来。这么说吧，当时虽然是12月，但是我进隧道之前，头顶上的阳光还是很强烈的，当我从隧道里出来后，天却一下子变阴了，就像从晴天突然变成了阴天。"

我："这也许是云层正好遮挡了阳光吧。"

他："正常人都会这样想，我那时候也差不多是这么想的，但是我一抬头却吓傻了。"

我："你看到什么了？"

他：“我看到了一座城市，一座飘浮在天上的大城市。”

我：“海市蜃楼？”

他：“绝对不是海市蜃楼。因为那座城市太大太大，整片天空都被它覆盖了。你看过电影《独立日》吗？就是那种整片天空都像被一艘飞船覆盖一样充满压迫感的场景。那是一座我从来都没有见到过的城市，我还能看到里面有人在走动。”

我：“能看到人在走动？可是那座城市不是飘浮在天上吗，你怎么看得到城市里的人？”

他：“因为那座城市是倒着的，不是像你想的那样飘浮着。或者说，那根本就不是什么城市，更像是另外一个世界。”

我：“那你拍下当时的画面了吗？”

他：“当时我人都吓愣了，怎么还会有心思去拍照片。我当时急忙开车跑回市区，但是不管在哪个角度我都能看到那座城市，因为它太大了，把整片天空都给盖住了，我根本逃不了。”

我：“可我觉得你的话有很大的漏洞。要是真有城市能把天空都遮盖，那阳光不也被挡住了？你又怎么看得见城市里的景象？”

他：“不是，不是你想的那种把天空完全遮挡的场面。那座城市是虚影，就是半透明的那种，阳光还是可以透过来，只不过光线会淡一些。所以我还是能够看见太阳，也看得见那座城市。我还看得见城市里面的各种景观构造，跟我见过的任何一座城市都不一样，我想很可能不是地球上的城市。”

我：“那座城市是什么样的构造？”

他：“很难描述，看起来就像是一层层的墓碑叠起来的布局，里面没有我们这种城市里的高楼大厦，只有墓碑，而且那些墓碑都是没有窗户的。屋顶都平平的，除了高矮，其他都没有差别。”

我：“城市里有很多人吗？有车吗？”

他：“有人的，但不是我们这样的人，那些人很高大，大一点的有那些楼房的1/3高了，而且每个人的样子都不太一样，他们黑漆漆的，长得也歪歪扭扭的，两手两脚特别细长，就跟闪电一样，很不规则，我们这里的人的手脚都是笔直均匀的，但是那里的人手脚都跟树根似的，不是笔直的。而且不单单是手脚，就连脑袋都是不规则的，跟土豆一样，千差万别。”

我：“就没有别的车子之类的标志性东西吗？”

他：“我真的没有看到什么车子，那里的人那么高大，怎么可能坐进车子里。我看那座城市的街道布局，就跟蜘蛛网似的，一圈一圈从中心向外扩散，做得很是精巧，有几何的美感，我猜那里的文明程度应该很高。”

我：“那你当时有问过其他在场的人吗？那么大座城市飘在空中，谁都能看见吧。”

他：“当然问过，那时候我是逢人就问，但是他们都说看不见，我当时真的急了。明明那座城市就在那里啊，他们怎么就看不见呢？怎么会就我一个人能看见呢？后来我想，也许是我的眼睛出了什么毛病，但是去看了眼科，医生说我的眼睛完全没问题，那时候我就真的怕了，觉得是外星人打过来了，世界末日就要到了。我还去报警了，但是警方说我是恶意骚扰，警告我不要打扰他们办公。”

我：“那后来你是怎么看不到那座城市的？”

他：“到晚上天黑了，自然就看不到了，因为那座城市也没有什么灯光。第二天早上醒来的时候再抬头一看，那座城市已经没了，那时候我是真松了口气，心想外星人也撤走了吧。但是过了不到一个星期，我又看见那座城市了。而且我发现每次都是穿过隧道以后才能看见，不穿过那条隧道，我就怎么也看不见，但是一过了隧道，往车窗外一望，就能看见那座城市了。后来我又试了几次，虽然不是每次过隧道都能看到，但是要看到那座城市，必须要穿过那条隧道。”

我开始猜测这名患者有过什么心理阴影，也许受到过很强的心理暗示，又或者隧道在他的内心深处是一个记忆触发点，所以每次到了隧道就会触发他的深层次记忆。

我：“说起隧道，你有没有其他方面的记忆？能不能想起一些跟你说的那座天空中的城市无关的事？”

他稍微想了想，说：“有啊，因为我上班要经过那条隧道，所以关于隧道的记忆很多。印象最深的是6年前，我开车过那条隧道的时候，跟另外一辆迎面而来的车相撞了。当时那辆车开得很快，我跟他撞在了一起，车都翻了，我一条命差点都没了。”

当他提到车祸的时候，我开始意识到了他出现幻视的原因，于是继续追问他其他关于隧道的事。

他思前想后了一阵，说：“还有一段时间，隧道里发生过一些诡异的事情。大概是前年，有一段时间，每次我下班经过隧道的时候，都能在隧道里看到一个高高瘦瘦的女人在前面走。我还停下车骂过她，告诉她隧道里不能走人。但是她一言不发，明天照样走在隧道里，很是气人。有一次前面有一辆车开来，我也正好开过去，那个女人就走在我们两辆车中间，因为前面那辆车开了远光灯，很晃眼睛，那个女人的身影等我离得很近了才看见，差点就撞上了。”

之后他又提到了一些他能够想到的关于隧道的事，但是那些事相对来说就没有那么玄乎了。我分析了之后告诉他，这很有可能是他在隧道中遇到的那些事存在于他的大脑之中，比如说车祸的那段记忆，由于印象太过深刻，虽然已经过去很多年，但是在经过隧道的时候他的潜意识里还会出现那时候的画面。车祸的时候连车都翻了，天地倒转，在他看来就相当于整座城市都翻了个面，所以他才会产生有一座倒悬在天空中的城市的错觉。至于城市里的那些幻影，要么就是抢救他的救援人员的模糊身影，要么就是他把隧道里那个经常出现的女人影子的记忆和车祸的记忆重叠在了一起，组合出了新的记忆。而隧道作为一个触发点，能够同时触发他的多段记忆，所以才会让他产生幻觉。

他："我想应该不是你说的记忆问题。我很清楚我看到的那些东西不是幻觉。那座城市是真的存在的。但是可能只有我能看到。那可能是一座以无理数形式存在的城市。"

我："以无理数形式存在的城市？"

他："对的，我看到过一些科学的报道，说我们这个宇宙里的东西都有一个最小的基本单位。比如说分子可以分成原子，原子可以分成质子和中子，中子再分下去就可以变成夸克……但是不管怎样分，总是有一个最小的不能再分的基本单位吧？那个基本单位我记得叫普朗克长度，也就是说我们这个宇宙中就没有比普朗克长度更小的长度了。普朗克长度就是1，其他物质就是从普朗克长度开始，像堆积木一样一点点搭建起来的。但是我在想，为什么物质一定是1和2这样的自然数堆积起来的呢？1和2之间的那些小数，尤其是无理数去哪里了呢？就比如说，$\sqrt{2}$ 约等于1.41是吧，那中间这个$\sqrt{2}$ 长度对应的无理数粒子跑到哪里去了呢？还是说，其实那个长度也是存在的，只是因为是无理数作为单位，所以它可以镶嵌在1和2之间，平常可以穿透我们的身体，跟我们不接触，我们也看不到它们，只有在一些很特殊的情况下，这些无理数作为基本单位的物体才能被我们意识到。说不定，那条隧道，就是无理数世界跟自然数世界的交汇点。”

和其他因为了解了一些相关信息而产生固定世界观的患者不太一样的是，他是先看到了一些超乎了认识的现象后才用自己已有的知识构建出一套能够自洽的理论，而且这套理论在某种层面上，居然还有一定的说服力。

作为精神科医生，为了稳固自己的世界观，有时候保证一定的阅读量是必须的。我看过康托尔的数学著作，里面就指出，这个世界上，无理数的数量比有理数要多得多。

而奇怪的是，我们这个世界、我们身边的物质偏偏都是由固定单位的有理数构成的，那么，那些无理数的物质组成又跑到哪里去了呢？

还是说，它们一直在我们的身边，每天都和我们擦肩而过，各行其道，就像两条永不相交的平行线，只有在某些特殊的情况下，才会与我们的世界发生特殊的联系。

我知道，这个有理的世界，是不会告诉我答案的。

三、小人国

也许接下来我要说的情况并不单单发生在这名患者身上，很多人，甚至大多数人都曾经历过，不过这种现象大多发生在儿童时期，一般人随着年纪的增长会把这件事抛在脑后。

有时候，当你长期注意你的房间里的一件物体，比如说挂在窗前的窗帘，或者摆放在书桌上的花瓶时，会慢慢地感觉到它们在发生着变化。这种变化可以表现为你观察的物体形状的改变，比如说花瓶扭曲、延伸、缩短或者拉长、变扁，也可以表现为花瓶本身的体积在变大或者变小，甚至还可以表现为花瓶在桌面上缓慢地运动。当你稍微转移一下视线，眨一下眼睛，重新聚焦那个物体的时候，就会发现它瞬间恢复了原状，一切如常，什么动静也没有，刚才你感觉到的那种异样仅仅是错觉罢了。

你有过这种情况吗？或许你有过，或许你没有，又或许你有过，但是如今忘记了，这都不重要。我在这里只是帮助大家回忆一下童年时的情景。在我儿童时期，就经常有这种情况，当我长时间盯着一幅画的画框的时候，我可以让那画框缓慢地朝着天花板靠近，这种移动在现实中是不存在的，但是我能够感觉到。

小时候我对这件事感到非常震惊，甚至觉得自己可能拥有某种可以改变物体乃至时空本身运动状态的特殊能力，甚至有相当长一段时间我还特意使用我的这种能力，觉得可以让它发挥作用。但是后来接触了精神医学后，我已经对这种情况不再觉得稀奇。

这种长时间盯着某个物体或者某块区域能够让观察对象乃至时空发生扭曲的情况叫作爱丽丝综合征，这是一种神经失调的症状。由于小孩子的大脑还没有发育完全，所以才会出现这种奇特的幻觉，等到大脑发育完全，进入青春期乃至成年之后，这种情况就完全消除了。

但是，历史上也有一些人因为对爱丽丝综合征的误解而以为自己是拥有超能力的人，比如说有一些人认为自己长时间盯着勺子，就能够让勺子变得扭曲，并且将自己的这种能力称为念力。这种情况其实也是因为爱丽丝综合征导致的幻觉，勺子本身并没有发生变形，所谓的勺子变形只是“超能力者”自欺欺人的错觉罢了。而我这次所提到的这名患者，他就有类似的症状，他和很多爱丽丝综合征患者的症状很相似，但是某些层面上却又不完全相同。

他：“要不是我到了每天晚上都睡不着觉的地步，我是真的不想来这里。最开始那阵子我想忍一忍就过去了，但是后来情况越来越严重，现在我真的忍不下去了。”

我：“谁好端端地想进医院呢？不要紧张，你慢慢说。”

他：“我怕说出来被你笑话。很多人听说我的情况之后，都觉得是我脑袋出了毛病，都笑话我，还有些人看我的眼神都变了。”

我：“具体是什么情况，你身上发生了什么事吗？”

他：“我总是能看到一些不该看到的东西。”

我：“不该看到的东西？什么样的东西？”

他：“就是一些正常情况下不可能有的很反常的东西。比如说豆丁人，你看到过豆芽大小的人吗？”

我：“豆芽那么大的人？那岂不是还不到手指那么大？除了孕妇肚子里还没成形的胎儿，我倒是没有见过那种人。”

他：“我见过，隔三差五都能见到，我快要被他们烦死了。”

我：“他们，你的意思是他们的数量很多？”

他：“很多很多，多得数不清。自从他们闯到我身边之后，我每天都得吃安眠药才能睡着，不然就会被他们吵得一个晚上都不得安宁。”

我：“那些东西，你认为是幻觉吗？你能清晰地认出他们是实物，还是你知道那是幻觉，但是消除不了？”

他：“我宁可相信他们是幻觉，但是我觉得他们肯定是真的，因为我能碰到他们，我一巴掌就能把他们打飞，但是过一会儿他们又会出现，围着我叫嚷。我朝他们吼叫，问他们在干什么，他们也不说话，就是围着我吵闹，揪住我的头发，挠我的鼻孔，拉我的嘴巴、眼睛，又痒又痛，真的烦死人。你是不是觉得我很奇怪，在说胡话？”

我：“不奇怪，做这一行我见过的怪人多了去了，你说得再离奇我也不会奇怪。继续说吧，他们长什么样？人的样子吗？”

他：“跟人很像，但不完全是人的样子，他们的脑袋光秃秃的，眼睛特别大，就跟电视里的那种外星人一样，脑袋就像是倒过来的凤梨，嘴巴细得跟一条缝似的，没有鼻子，只有两个孔洞，还有耳朵，耳朵跟刚长出来的叶芽似的，五官很是丑陋。他们的四肢都又细又小，跟脑袋不成比例，我都很奇怪他们怎么能够做到走路不头重脚轻的。”

我：“你不会真是遇到外星人了吧？”

他：“不好说，还真有可能。但是我老婆就看不到，她每天跟我睡在一起，就看不到那些豆丁人，我指着床铺说那个豆丁人就在那，但是我老婆怎么也看不到，最后她实在受不了我，就跟我分房睡了。”

我：“你是从事什么工作的？”

他：“我从事广告公司的美术指导工作，平时也喜欢进行天文观测，以前从朋友那里低价买了台天文望远镜，算是半个天文爱好者。不过我想那跟我现在的情况应该没什么关系吧。”

我：“你看到他们，最开始是什么时候的事？”

他：“两个多月前的事了。我那天晚上在房间里找稿子，一拉开书桌的抽屉，就看到一些豆芽大小的、绿色的东西哇哇叫着朝我胳膊跳了上来，我当时吓了一大跳，把抽屉都给打翻了，还以为是老鼠、蟑螂或者青蛙之类的东西，我这个人最怕的就是那些玩意儿，我一甩手就把那些东西甩飞了，结果往地上一看居然是五六个豆丁人，当时我脑袋里都一片空白了。”

我：“那他们是怎么消失的？”

他：“运气好的话，他们闹上一阵自己就走了，运气差的话整个晚上都会绕着我闹，直到天亮我迷迷糊糊醒过来他们才走，有时候我赶他们进缝隙里或者阴影里也会消失，但是第二天照样会跑出来围着我吵闹。”

我：“他们都长一个样吗？”

他：“不太一样，每张脸多多少少有点细节上的差别吧。有的豆丁人眼睛大点，有的鼻子窄一点，有的脸上还有点皱巴巴的斑纹，而且最近这段日子，闯进我家里的豆丁人越来越多了，我的房间都快要被他们淹没了。”

我：“那其他地方呢，只有你的房间有你说的那种人吗？去别的地方他们会出现吗？”

他：“那倒不会，他们只在我家里闹腾，出了家门就看不见了。有段日子我实在是受不了了，就去住旅馆了，那段时间我总算能睡个安稳觉了，但是我总不能一直住旅馆吧？后来我回家，那些豆丁人又冒出来了，而且我发现他们趁我不在的那段日子数量增加了很多，我的整个房间都快被他们淹没了，那时候，我总算明白他们到底想干什么了。”

我：“你觉得他们想干什么？”

他：“建国！他们想在我的房间里建立一个属于他们自己的小人国！他们想把我赶出家门，占领我家！”

最后我确定这名患者患有精神分裂症，临床表现为幻视、妄想。

他接受了一段时间的药物治疗，但是效果不佳，后来接受了电抽搐治疗，依然不起作用，最后我确定他属于难治性精神分裂症。在精神分裂症的患者中，有30%左右的患者是难以治疗的，这一类患者被称为难治性精神分裂症，而这名患者就是其中一个。他告诉我，他接受的治疗毫无效果，每天回家，他能够看到的豆丁人越来越多、越来越多，最开始只能够到他的膝盖，现在已经多到能够吞没他半个身子了，再这样下去，恐怕他会窒息。

无奈之下他选择了出院，差不多一个星期后，当我联系他询问是否要接受新型的治疗方法时，他却告诉我他已经不治而愈了。

我：“嘿，这真是奇怪了，你是怎么好的？”

他：“我投降了，我把房子留给了他们，现在我搬出去租房子住，他们总算没有再缠着我了。”

我：“噢，这样啊……”我向这位患者贺喜，他告诉我他现在正在找买家，准备把他的房子便宜点给卖了。

之后过了差不多3天，那名患者又联系了我，他哭着对我说道：“医生，我不行了，今天我在租的房子里又发现了一个豆丁人！”

四、自我傀儡

这名患者的登场方式有些特别，和其他患者不同，他是被人背进我的门诊室的，而带他来的人，是他的哥哥。

我见到他的时候，他就像是一个没有精气神的傀儡，软软地趴在他哥哥身上，双臂垂在他哥的肩膀上，一双眼睛虽然是睁着的，但是目中无神。一开始我还以为他们来错医院了，但是听他哥讲述之后，我认为他们没走错地方。

我："这位患者怎么了？"

患者兄长："他啊，脑子出了点问题，医生你赶紧给他看看，要不然这样下去，他这个人迟早得废。"

我："脑子？可我看他都动不了了，你是不是来错医院了？"

患者兄长："放心，他能动，只是他不想动。就是脑子出了问题。我带他去别的医院看过了，脑子的问题。"

我："他怎么会不想动呢？什么情况？"

患者兄长："他说他这是在练功，不能动，动了就前功尽弃。但是我觉得他就是脑子有毛病，好端端的练什么功！"

患者兄长把患者放在了陪护椅上，我看到患者目不转睛地盯着天花板看，眼睛直勾勾的，看起来像是被勾走了魂魄似的。

我上前试探着问："喂，你能动吗？"

患者："……"

我拿起了探针，在患者的耳朵后面扎了一下，给了他一点刺激："能动吗？"

没想到他突然张牙舞爪地号叫起来："你们别来吵我行不行啊？我差点就成功了知不知道？就差那么一点点！为什么每次我练功快成功时你们都要来吵我呢？我到底哪里得罪你们了？让我好好静下来练功行不行？我有妨碍到你们吗？算我求求你们了，别来烦我！"

我看向患者兄长，问："他一直都是这样吗？"

患者兄长："一直都是这样，每次我要去叫他，他都会莫名其妙发脾气，我都被他骂了好几次了。"

我："他是什么时候开始这样的？"

患者兄长："已经有两天了，连饭都不吃，劝也听不进去。"

我："没事，我好好跟他谈谈，你先去外面等一下。"

患者兄长走出了门诊室，而我走到患者面前："哟，我说你这是练什么功呢，能不能说给我听听啊，看起来挺玄奥的？"

他："我说了别来吵我！我这次又被你们给打断了，感觉都没了！"

我："行行，下次我会想办法让你哥不打扰你。他们打扰你，是因为他们不懂你啊。你跟我说说你到底练的什么功，你看我是个医生，你要是说服了我，我去告诉你哥，把他给说服了，他以后肯定就不会来打扰你了。”

听我这么说，他又瞪着眼珠子，过了好一会儿才问我：“你想学我这功夫吗？”

我：“你这功夫看起来也不怎么样嘛，我看你人都练废了，一动不动的，有什么好的？你得先告诉我这功夫的好，我才有想跟你练的想法啊。你倒是说说看，这功夫好在哪里？我遇到过的气功大师多了，隔空打牛、空手劈砖的都有，这个功夫跟他们比起来也不怎么样嘛。”

他：“哼，他们那顶多就是糊弄小孩的伎俩，算得上什么真功夫！我这才是真正的功夫，要是把我的这套功夫学到家，你这辈子都不用再奔波劳累！”

我：“还能解疲劳？可我看这么一动不动躺着，就是去做按摩什么的也比这个强吧？”

他：“按摩算什么！我这是在操控自己的身体！”

我忍不住笑起来：“人的身体都是自己的，手脚、脑袋都好端端地长在身上，还用得着操控？”

他：“你不懂。我这种不是简单的操控，而是一种随心所欲的操控，我自己发明的，我叫它‘想动’，就是想一下就能动。”

我：“想一下就能动？”

我：“那能有多厉害啊，跟得了癫痫病似的？”

他：“哎，你这人太缺乏想象力。你总看过古装剧吧？你看古装剧里的那些皇帝多自在啊，吃饭、睡觉、洗衣服，什么事都交给下人去做，自己多清闲。我这个功夫要是练到家了，就能够把自己的身体练成机器人，脑子想一下，它就会带着你自动去办事。比如说你想吃饭、洗碗，你的身体自己就会动起来，带着你的大脑去吃饭、洗碗。”

我：“那你凭什么觉得你能做成呢？你以前成功过？”

他：“当然成功过。有一次我半夜里口渴，想喝水，但是又睡意太浓，懒得动，结果我的身体居然自己从床上爬了起来，走到厨房里倒水喝了下去，然后喝完之后又自己回到床上。那时候我就吃惊了，原来我的身体居然可以用我的思想去指挥，就跟遥控器指挥机器人似的。我老婆当时也看到了，我问过她，但是她硬要说我是在梦游，但是那时候我的大脑跟醒着一样，清楚得很，我根本就没有睡着。所以我想那肯定是我指挥身体成功的一个例子，于是我就开始练习能不能只靠想象力来指挥我的身体。”

我：“你以前有过梦游吗？”

他：“哪有，我睡眠质量一直都很好，从来不梦游。那次绝对不是梦游。因为我后来练习的时候，也好几次都差点成功了。”

我：“后来也成功过？”

他：“是啊。自从那次晚上之后，我就开始刻意地练习，我先坐在床上，让腿荡在床沿，然后用意识一点一点地去操控双脚，记住，不是你平时的那种操控感觉，而是要把大脑的注意力集中到脚上，让脚产生一种力道，然后你就会发现脚会颤抖起来，微微地在抽搐，那就是你成功的先兆。”

我：“后来你靠这种办法让自己的脚动起来了？”

他：“动是动起来了，但是没有那么听使唤，第一次尝试的时候，我的脚练抽筋了，痛了好一会儿，后来我每天都坚持练习，渐渐地掌握了窍门。我能让我的手脚自己颤抖、痉挛起来，但是还达不到那天晚上无意识走动的效果。但是我相信只要我长期坚持练下去，迟早能成功。等到那时候，我的身体就是我自己的仆人，我想让它干什么，它就干什么，我甚至还能开发身体的潜能，做出各种高难度的动作来，比杂技演员还厉害，那时候我就厉害了，我会打破人体的极限，变得跟超人一样。"

我："你现在能示范给我看看吗？"

他："行啊，不过你得稍微等一会儿。"

说着他就在陪护椅上坐了起来，双腿荡在那里，然后他开始集中注意力，一点一点地让他的双脚动起来，一开始我看他的双脚没什么动静，但是过了几分钟后，他的双脚居然真的颤抖起来，脚趾在上下地搅动着。

他："怎么样，看到了吧？我说了我能够操控我的脚趾吧？"

我："你得去看看神经科，我估计你有癫痫病。"

后来，这名患者在他哥的陪同下去神经科做了检查，诊断的结果果然证明他患有自动症。在经过3年的抗癫痫药物治疗后，他的情况总算得到了缓解，他所谓的靠想象力操控身体的情况也不再发生。不过，我想，从某种角度来说，这对他也是一种打击吧，毕竟，谁不希望自己的思想能够偶尔偷个小懒，让身体无意识去做自己想做又懒得做的事呢？

这名患者的经历，让我想起了弗洛伊德的话："人的精神生活包含两个主要部分：意识的部分和无意识的部分。意识部分小而不重要，只代表人格的外表方面，而广阔有力的无意识部分则包含着隐藏的种种力量，这些力量乃是在人类行为背后的内力。”

也许，如果我能够召唤出身体里另一个沉睡着的“我”，也可以偷个懒了吧。

五、文明的分层

他原本只是一名普通的初级程序员，勤勤恳恳地工作，朝九晚六，加班加点，任劳任怨，生活就像仪表盘一样精确。然后有一天晚上，他突然在家里失踪了，妻子找不到他，亲人也找不到他，同事也不知道他的下落，于是他妻子报警了，可警察也没能够打听到他的消息。就这样失踪了差不多40天，他家里人都已经不抱希望了，然而在一个早晨，他又神奇地出现在了自家的床上，睡在妻子的旁边，就跟他失踪的那天一模一样，连睡衣乃至睡姿都没有变化。

当他妻子叫醒了他，问他这些天去哪儿了的时候，他却告诉妻子自己被绑架了。妻子闻讯色变，立刻带他去报警，但是他却告诉妻子，绑架他的不是普通的罪犯，而是天空人。

我："失踪那段日子的记忆你清楚吗？"

他："很清楚，非常清楚，那些天里的每一件事、每个细节我现在都想得起来，因为给我的印象实在是太深刻了。”

我：“你说你被天空人给绑架了？意思是说你被外星人给带走了吗？就像一些新闻报道里说的那样？”

他：“不是外星人，是天空人。天空人跟外星人不是一回事。”

我：“有什么区别吗？”

他：“外星人是从其他星球来的，但是天空人是土生土长的地球人，只是他们住在天上，不是住在地上，他们跟我们不是一个文明层级的。”

我：“住在天上？天上都是云，哪里有可以住人的地方？”

他：“他们在天上有宫殿，那些宫殿就像《阿凡达》里的山一样，一座座地悬浮在天上。”

我：“就跟《西游记》里的神仙一样住在天上？可是如果天上真的有人的话，以我们现在的科技早就找到他们了。”

他：“我也这么问他们了。但是后来我知道他们的宫殿都是用特殊的材料做出来的，就像隐形飞机一样，可以屏蔽人类所有的侦察和探测。他们的文明层次远远高过了地表人，我们根本发现不了他们，也理解不了他们的存在形式。”

我：“天空人都长什么样？”

他：“那就要看他们来自哪一片大气层了。”

我：“天空人的外貌还跟大气层有关系？”

他：“很有关系。因为天空人也是分文明层次的，每个大气层级的天空文明都互不相干。你知道吧，大气分为对流层、平流层、中间层、暖层还有散逸层，其实每一层都有对应的文明存在，但是我们地表人却根本不知道他们的存在。我们的科技水平和观测手段都太落后了，在他们看来简直就像生活在二维世界的蚂蚁一样，看不到他们的存在。其实不单单是地表人，地球上的文明都是分层次的，地表下面还有地壳人、海底人、地幔人和地心人。那些文明都是我们无法想象的。地球文明其实有十个层次，我们地表人算是倒数的，只有地心人和地幔人排在我们后面。”

我：“这简直就像是科幻小说。这些都是你说的那些天空人告诉你的？那他们来自什么层次？”

他：“抓我走的那批人说他们来自平流层，是平流层人，比暖层人和散逸层人的文明层次稍微低一些，但是他们也从散逸层人那里获取了不少的科技成果。”

我：“那些人长什么样？”

他：“是你很难想象的样貌，他们的身体散发着光彩，是半透明的，就像是一道道投影一样，有的时候甚至可以叠加在一起，他们也没有什么固定的形状，有点像鬼火，飘来飘去的，硬要比喻的话，我觉得他们很像是一个个在空中飞舞的飞碟。”

我：“这个是平流层人的外貌吗？那对流层人呢，还有其他层次的人长什么样？”

他：“我看到过对流层人和平流层人，对流层人长得很像一只只水母，或者说是一朵朵没有柄的蘑菇，轻飘飘地飘浮在空中，荡来荡去的，他们没有眼睛也没有嘴巴，但是有引线似的触手，可以互相触碰，传递能量，而且他们的身体还会放电，他们不是用声音交流的，而是用小型的闪电在互相交流，效率比我们人类高多了。我想说不定闪电雷暴之类的都是他们在交流造成的，再不然就是他们的食物就是闪电，跟我们人类不一样，但是平流层人没有告诉我太多关于对流层文明的事，我只能靠猜测。暖层人长什么样，我就记不清了，虽说我也见过暖层人，但是我感觉暖层人的身上带有一种特殊的电波，好像可以干扰我的思想似的，我能够看到他们，但是偏偏记不清他们长什么样。我猜测暖层人的体积很小很小，根本不是人的肉眼能够看到的，也许他们就像尘土、细菌一样，一点点风就能够吹散他们。他们只有聚集在一起，才能够有很大的体积。”

我：“如果这些都是你编造出来的话，我真的很佩服你的想象力。而且你说的那个暖层人，我很难想象，未免也太玄乎了，能看得见又记不清，那是什么感觉？”

他：“这种感觉是很难理解，硬要解释的话，你可以闭上眼睛，然后会看见很多雪花对吧？但是你描述不出闭上眼睛后看到的那些雪花是什么形状的，也画不出来，这就是你明明能看到，却又记不清，也说不清的感觉了。”

我：“你这么一说，我倒是有点能够想象了，你说的闭上眼睛看到雪花，是一种光量子残留效应……就是光线在视网膜上的呈现还没有散去才留下的残像。不过我在想，连暖层人都已经这么难以想象了，恐怕散逸层的那些文明就更奇葩了吧？”

他：“是啊，我没有见到过散逸层的文明，但是平流层的人告诉我说，散逸层的文明我是绝对看不见的，因为他们是以引力压的形式存在的。”

我：“引力压？”

他：“我也不太懂这个东西。但是我后来查了查资料，资料上说每颗有一定质量的星球都会对周围的宇宙空间形成压力，导致空间扭曲，那些散逸层的人就是以引力压的形式和地球引力共存的，他们能够影响地球周围的空间，还能够改变要撞上地球的一些大型陨石。平流层人说，如果没有散逸层人保护着地球，地球上的生命早就灭亡过无数次了，地球也会被陨石砸得像月球表面一样坑坑洼洼。平流层人还告诉我说，就连月球都是散逸层人制造的，目的是守护地球。宇宙中其他行星都没有体积相当于自己1/4大小的卫星，只有地球有。”

我：“越说越玄乎了啊，都能拍成科幻电影了，除了我，你这些还跟别人说过吗？”

他：“说过，但是他们压根就不相信我。我也是因为他们才到这里来的。”

我：“能具体回忆一下你被绑架的经过吗？”

他：“那天晚上，我本来在家里睡得好好的，半夜三更爬起来上厕所的时候，我突然看到客厅的沙发前有两团彩色的光晕飘浮着，像是佛光一样，就在茶几前面，差不多有半个人高。我吓了一跳，脚就像是生了根似的动都动不了，那两团彩色的光晕就那样围着我，像萤火虫一样绕着我转，看得我眼睛都花了，然后我就感觉自己的脚没有引力感了，飞了起来，周围的景象都在转，我看到茶几上的杯子、家里的电视都在转动，我的脑袋就晕了，结果我听到一个像是女人一样的声音在我耳边说话，叫我别怕。我哪能不怕啊，我问他们到底是什么东西，想干什么。他们就告诉我他们是天空人，从天上来，他们想带走我一段时间，做实验，等实验结束之后就会把我平安放回来。我就问他们是什么实验，要带我去哪儿、多久。他们告诉我，他们是想测试一下自己的活动对平流层造成的影响，还有平流层的变动对我们这些地表人的进化造成的干扰。反正大概就是这么个意思，再深奥点的术语我就不懂了。之后我就感觉自己在天空中飘来飘去的，没有一点方向感，甚至连飘了多久都不知道，我只感觉周围有点变冷了。那些人告诉我已经到了对流层的顶部，气温下降了，然后我就发现周围的光线稍微暗了一点，不再那么亮，等我适应了光线，发现自己在一个肥皂泡一样的泡泡里，周围也变得暖和了，就是身体跟打了麻药似的动也动不了。”

我：“后来呢？你去了他们的地方吗？”

他：“去了，他们把我带到了他们的宫殿里，那是在连云层都没有的平流层，他们的宫殿都是一个个泡泡堆积起来的，远远看上去就是透明的，什么也没有，顶多有一点光晕，进了泡泡以后，里面也是空空的，什么也没有，他们把我安置在一个还算大的泡泡里，给我讲述了一下地球文明分层的事，然后就给我做实验。”

我：“他们怎么做的实验？”

他：“就是往我的嘴巴里灌气，我不是在一个泡泡里吗，那个泡泡的表面会延伸出吸管一样的东西，也是透明的，但是很软，像是管子一样会插进我的嘴巴跟鼻孔里，我却摸不着，因为没有实体，好像只是两道气压。然后我就感觉自己的呼吸道里凉飕飕的，有一股股气钻进来，连肚子都胀起来了，但是那些气却特别清新，吸进肺里感觉整个大脑都特别清醒。他们说这是在检测我肺里的颗粒物，他们还说我经常吸烟，颗粒物太多，肺都黑了，要给我洗洗，然后他们就给我洗肺，就是一直往我的肺里灌气，虽然鼻子难受，但是时间一长，我感觉呼吸都顺畅起来了，特别舒服，我还谢了他们。等给我洗了肺，他们带我周游了一圈地球。”

我：“周游地球？”

他：“就是带着我绕了地球一圈吧，我在泡泡里，那个泡泡就带着我慢悠悠地绕着地球转，然后我从高空往下看，大多数时候看到的都是云，有时候也能看到大海，运气好的时候，还能够看到地面跟城市，不过因为太高了，我也分不清是哪里的城市，就是看到了红红的一小块亮光，城市的街道也亮灿灿的，跟电路板似的，估计不是纽约就是上海吧。”

我：“你飞了40天，那你吃什么？”

他：“这个就多了，他们给我吃的是最纯粹的海鲜，直接从海里打捞上来，不少都是海鱼，他们用一种很亮的发光物体一照，好像就有微波射出来，鱼就熟了，然后他们把烤熟的鱼放在一个小的泡泡里，那个小的泡泡会跟我在的大泡泡融合，然后钻进来，停在我的面前让我享用，虽然没有什么调料，但是味道很好、很天然，口感也是外焦里嫩，而且不知道为什么，鱼的肚肠、骨头什么的全都融化了，吃进嘴里不用担心胆汁、鱼刺。唉，现在我都还想再吃一次天空人的美味呢，那味道绝对不是地上能吃到的。”

我：“他们有跟你说什么其他重要的事吗？”

他：“其实也不是很多，他们的交流我根本就听不懂，他们也不会透露给我这个外人什么重要信息吧？那些天里，我就是睡觉、看风景，大多数时候我还是动不了的。我记得最清楚的是，他们说我们人类对大气层的破坏太严重了，这样下去不单单会影响地表的生物圈，就连我们人类自己都会有毁灭的危险，还说我们地表人目光短浅，不知道做几百年、几千年的长远规划，到时候我们肯定会因为工业污染破坏大气层而害死自己。他们说，不管是我们地表人，还是他们天空人，或是地下人，都只有一个地球，迁移到外星对他们来说也很困难，所以他们会想方设法保护地球，如果我们地表人继续这么下去，他们说不定会来直接干涉。”

我：“直接干涉？什么样的干涉？”

他：“他们说得很含蓄，但是我自己想，说不定在不久之后，他们就会对我们来一场大清洗。”

之后我建议他去催眠师那里进行催眠，以回忆他在天上那40多天的事，没想到催眠的结果居然和他跟我讲述的内容基本吻合。

不过给这名患者催眠的催眠师告诉我，催眠的准确率一般只有50%~60%，他说的也不一定就是真的。

谁知道呢？虚虚实实，实实虚虚，这个世界上有些事本来就很难说清楚。

从那以后，每当我傍晚散步的时候总是会习惯性地仰望云层，看着天空中血红一片的火烧云，和云层下方那冒着滚滚浓烟的工业烟囱，我忍不住想：这会不会是我见到的最后一次落日？

六、死亡的颜色

《黄帝内经·灵枢·本藏》云："人之血气精神者，所以奉生而周于性命者也。"

2500年前，中国诞生了一部医学奇书，那就是《黄帝内经》，这部典籍提出了一个重要的概念，那就是血气精神，那是维系生命的本源之物。从医者可以根据气血脸色来判断一个人是否患病，是否病入膏肓、药石罔效。

而我的这名患者，则自称有更高超的本领。这个本领虽然在外人听来神乎其神，但是对他自己来说，却是一种困扰。

他："你的颜色不错，你的身体挺健康的。之前跟你在一起的那个人（另外一名和我一起工作的主任医师），身体就没你那么好了。"

我："你是说他气色不好？不过他跟我一起工作了5年多了，身体一直很好。”

他摇了摇头，神神秘秘地凑了过来：“不是脸色，是颜色，身上的颜色。他的颜色有点青黑，他的身体肯定有哪里不对，最好让他去检查检查，不然以后说不定会更严重。”

我：“哪里的颜色？他身体哪个地方的颜色？”

他：“身体表面的颜色，就像是有一层模模糊糊的光晕。对比一下月晕你就知道了，就是在人的周围有一层淡淡的光线，不是像电灯光线一样很清楚的那种，而是有点朦胧，但是贴在人的皮肤表面，会散发出一些淡淡的光。”

我：“这么说，他是全身上下都有你说的光吗？”

他：“当然是，每个人的身体其实都是个发光体，都能发光，就像萤火虫一样，只不过别人看不见自己和他人的颜色，我却能看见，还能通过这些颜色预知哪些人快要死了，哪些人还能活很久。”

我：“你还能够根据别人身上的颜色预知别人什么时候死？”

他：“对，这就是我的能力，别人都学不来。我走在路上，看一个人一眼，就能看到他身上散发出来的颜色，然后我就知道那个人的生命还有多长，将来会死得有多惨了。”

我：“是不是快死的人颜色都很深？”

他：“对，差不多。我以前去医院探望因胃癌住院的舅公时，他身上都是浓浓的黑色，虽然医生说他已经切除了胃，癌细胞应该不会扩散，但是我看我舅公的颜色就知道癌细胞肯定还是会扩散的。果然，不到半年他癌症复发了，第二年就死了。从那时候起我就知道身上散发着黑色的人一般活不过两年。这个结果我后来还验证了好几次。”

我：“你怎么验证的？”

他：“其实很简单，就是没事的时候去医院里面溜达一圈，然后记下那些人的姓名和年纪，再过个一年半年的去人事局打听打听那些身上散发黑色的人是否还活着，如果那个人死了，就说明我的预测是准确的。”

我：“那你的预测准确吗？”

他：“当然准确，我已经预测了5个人了。如果不是人事局不随便给我档案看，我怕是能预言得更准。”

我：“那些人都是黑色的吧？”

他：“对，黑色的，非常稠密，就像黑色绸布一样，都可以把人给吸进去了。”

我：“那么没什么病的人就是白色的了？”

他：“其实也不算是白色，而是玉白色，带点那种亮灿灿的光，光越是亮，就说明这个人越是健康。其实这样的人很多，只要看看街上的那些孩子，或者妇女抱着的婴儿，就能看到那样的亮光，刚生下来的孩子是最健康的，至少大部分都是，生命力最顽强，又没有什么疾病，所以肯定是最亮的。”

我：“那其他人呢？比如说，一个虽然不算重病，但也是有点小毛病的人，比如高血压、心脏病之类的？”

他：“那就得看病情种类跟寿命长度了。像你刚才说的高血压，那也要分程度，有些人高血压很轻微，那颜色看起来就淡一些，如果有些人血压很高，都威胁到生命了，那颜色肯定就很浓了。”

我：“你看到的都是黑色、白色吗，有别的颜色吗？”

他：“当然是有的，而且还跟那个人患的病的类型有关系。”

我：“你还能看出别人是什么病？”

他：“能看出个大概。如果一个人身上的光是红色的，略微偏黑色，那么那个人肯定是心脏有毛病。一开始我发现每个人身上的颜色多多少少都有偏差的时候，还不知道原因，后来我才知道，原来颜色代表的就是患病的位置。红色是心脏，估计心脏跟血液循环有关系吧。我舅公病的时候，他身上的颜色是黄黑色，那是他的胃有问题，在医院里的时候，我特地了解了一些病人的病因，他们想隐瞒也隐瞒不了，我看到一个人是黄色，就知道肯定是胃不好，如果是黄黑色，偏黑，那肯定是胃癌，基本上跑不了。”

我：“其他位置呢？你都做过统计？”

他：“对，刚开始那阵子我很迷惑，心想为什么每个人身上的颜色会有出入呢？后来发现我舅公是胃癌所以是黄色后，我就想其他颜色也应该有对应的病，于是我忍不住去做了调查。后来我发现颜色跟人的患病器官关系密切，如果一个人是青色的，那肯定是他的肝脏不好，有的是肝结石，有的甚至是肝癌。如果是肺不好，那就是白色的，但是那种白色不是健康人那种会发亮的白，而是白森森的，跟死人骨头一样没有光泽、很暗淡的白，然后就是肾，如果一个人肾不好，那他的颜色肯定是黑色的。”

我：“那如果是脑袋或者其他脏器有毛病呢？”

他：“如果是脑袋有毛病，那肯定是金色的，如果是下身有什么毛病，那肯定就是樱红色，就是樱花的那种颜色。如果是胳膊、腿有什么毛病，我就不太能看出来了，因为那些颜色也是红红的，基本上和心脏差不多，就是稍微淡一点，不仔细看很难区分是心脏还是四肢有毛病。”

我笑着说：“就凭这本事，你不当个算命先生都可以当个土医生了，也不算毛病，为什么要到这里来呢？”

他：“因为我控制不住自己啊。我不管看到谁都知道他能活多久，这就跟你看到别人身上捆了炸药，知道他们什么时候会爆炸一样，太难受了。我的妈妈身体不太好，我看到她的身体就是黑黑的，每天跟她说话、相处的时候都想着她马上就要死了，就像我妈头上有钟表在倒计时似的，真的让我受不了，我不想再要这种能力了。”

我：“这样啊，也是，人活着，本来就是不知道自己什么时候会死才有期待感，要是知道自己快要死了，就会活在死亡的阴影里，活下去的动力都没了，你这样的想法我倒是挺能理解的。还有什么别的理由吗？”

他：“其他理由倒也不多，不过硬要说的话，大概是我还能看到点其他东西吧。”

我：“其他东西？”

他的神色开始紧张起来，眼神也变得不安：“我还能够看到一些有超乎常理的颜色的人，那些人让我很不安。”

我：“什么样的颜色？”

他：“黑色，很黑很黑。”

我：“你不是说过吗，那样的人是患病了。”

他：“不是这个意思，我看到的那几个人颜色很黑很黑，那样的黑我一般只在死人或者快死的人身上才能看到，可是他们却像个没事人一样和普通人一起活得好好的，有说有笑，就像什么毛病都没有，这……根本不可能，是吧？我一开始根本无法理解那种人到底是怎么活下来的，后来我才懂了，懂了之后，真的把我吓死了。”

我：“怎么了？”

他：“那些人，根本不是活下来的，而是早已经死了，他们都是死人，但是不知道用什么办法活过来了，才能重新像普通人一样生活。我跟踪过一个身上散发黑色的人，那个人身上明明全是黑色，但是还跟没事人一样在公园里逛荡，跟碰面的人打招呼，狗见到了他都会吼叫。我就一路跟着他，想看看他这个例外到底是怎么回事，后来，我跟着他……却看到他进了医院的太平间，而且，就再没有出来过……我吓得当时就跑了。后来我回到家，越想越不对劲，想起来那个浑身黑气的人的确和普通人有点细微差别，我看他脸色都是惨白的，走路也很僵硬，木愣愣的，大热天的身上还没有汗，的确就是个死人的模样……”

后来通过脑检测显示，这名患者的精神分裂症对大脑的伤害已经扩散至脑部的前额叶，他这种情况属于典型的精神分裂导致的幻想。

但是，从另外一个角度来说，在生物的进化过程中，人类为了利于生存，大脑会进化出一个抑制机制，自动美化和忽略一些明明亲眼所见的事物。比如说，当我们吃着午餐的猪肠时，我们不会注意到猪肠依然有非常细微的粪便分子，因为那些会影响我们进食，所以被大脑选择性忽略了。

久居鱼肆而不闻其臭，也是大脑选择性抑制一些影响我们生存的生理功能的例子。

从生理学上来说，人体和动物一样，通过氧化还原来释放能量从而产生运动的能力，我们身上的每一个细胞都在呼吸，血液循环、器官活动、神经抽动，这些无一不在释放能量，这些释放出来的能量会附着在我们的身体周围，用一些特殊的仪器的确能够看到这种奇妙的光芒，它们被称作“人体辉光”。用人体辉光就可以解释这名患者所看到的景象，但是这名患者的能力却已经不仅仅局限于看到人体辉光的范围了，他还能够通过人体辉光来预知人的寿命，这是超乎常规的能力。

从医学上来说，一切不利于生存的生理变化都是“病变”。是否有利于生存是我们对疾病的评判标准，但是就像杀死癌细胞会杀死正常细胞一样，我们大脑抑制了一些不利于生存的功能，或许就失去了看到真相的机会。

从某种怀疑论者的角度来说，这名精神病患者是否就是缺乏了大脑的抑制机制，而拥有了其他能力，看到了这个世界的内层结构呢？

已经麻木了的我们，终究只能麻木地去猜想。

是我们束缚了自己的认知。

七、掉进黑洞之前

最初，这名患者并没有到我这里来就诊，负责给他诊断的是我的一名同事，就是那名重型精神病科室的胡医生，但是那天他因为参加友人父亲的葬礼，所以就和我调班，让我接诊这名患者。

这名患者年纪不大，刚大学毕业两年，工作也不稳定，但是他却说自己得了失眠症，每天都睡不好觉，大半夜就做噩梦醒来，精神状态极度异常。

他说自己是空间物理学专业毕业，但是因为大学毕业后没能找到工作，就在家里自己搞一些理论研究和小发明，算是一名民间科学爱好者。他说自己没有资金，又没有设备，所以一直都浑浑噩噩地过日子，不过他称自己发明了一支小型电磁炮，可以在100米以内打穿厚度不超过3毫米的钢板，就算要杀人都没问题。甚至还有黑道的人出高价要他大规模生产，不过他害怕触犯法律就没有答应。

我：“你说你失眠，是最近刚开始的吗？”

他：“不算是最近了，有两个多月了，半夜的时候会做噩梦，然后我就被惊醒爬起来，抽一支烟再睡下去，过一会儿又会被惊醒，反反复复，一个晚上基本就没得睡了。”

我：“那你还能挺过来，不容易啊。”

他：“因为我又没工作，在家里待着也没什么白天晚上的区分，晚上睡不着，就白天补觉，不然正常上班的工作族哪里受得了。”

我：“白天也做噩梦吗？”

他：“有的时候做，但是比晚上好一点，一般都是要睡醒的时候做噩梦，醒来的时候人就很累，说不出来的累，要是运气好有一天不做噩梦，那我那天精神就好多了。”

我：“做的梦呢？都是一样的吗？”

他：“都一样，都是一样的梦，每次都是一样的。”

我：“那你说说看，不会是梦见妖魔鬼怪什么的吧？”

他：“那倒不是，要跟我的梦比的话，妖魔鬼怪真的不算什么。而且我也是个无神论者，根本不相信什么妖魔鬼怪啊，就算它们真的出现在我面前，我也不会怕。”

我：“嗯，那你说说吧。”

他：“其实梦的内容很简单，就是梦见自己一个人飘在一个一片漆黑的地方，那好像是宇宙深处，也有点像是悬崖顶端，然后我就开始不停地往下掉，像是朝着一个看不见的无底洞跳水似的，而且怎么也掉不到底。”

我：“你是不是最近这段时间比较劳累，有没有熬夜或者白天工作时间过长的情况？”

他："没有，我没工作，白天晚上都很闲，我也不怎么熬夜，吃了就睡，睡了就吃，每天十点多就睡觉了，比一般人睡得早多了。"

我："那你有没有看书或者玩电脑到很晚之类的情况？"

他："也没有，我这个人吃不消熬夜的，看书基本上就白天看，晚上一看就犯困，想睡觉。"

我："这样啊……那我跟你说，你这种情况呢其实每个人都有，很多人都会做跟你差不多的梦，梦见自己从高空中不断地往下掉，原因是平日里压力太大，可能是身体上的劳累，也可能是精神上的压力，总之你要是平常太疲劳，引起脊柱之间的空隙缩小，晚上睡觉整个人处在放松状态的时候脊柱间的空隙又会慢慢恢复正常，那时候你就会产生一种自己不断掉落的感觉。这种情况是很正常的。"

他："医生你说得有道理，之前我在网上咨询的那个医生也是这么说的。但是，我觉得我的情况，跟你说的压力太大有些不一样。"

我："怎么不一样？"

他："因为我以前做过类似掉落的梦，小时候我闭上眼睛就感觉自己在掉落，但是那种感觉跟我现在做的噩梦情况不太一样。以前我掉落的时候是笔直掉下去的，但是现在我掉落的时候，是旋转着的，就像坐过山车似的，转着转着往下掉，甚至眼睛睁开的时候还感觉天旋地转的。还有就是，以前我做这种梦的时候，我是看不到自己要掉到什么地方的，但是现在就不太一样了，我发现我好像就要掉到底了，我甚至能够看见底端的那个东西。"

我："底端有什么东西？"

他："一个黑洞。掉落的尽头就是一个黑洞，不过不是那种旋涡一样的洞，而是一个黑色的球体，两端还会喷射蓝蓝的光，我感觉自己马上就要被压到那个黑洞的表面上了，醒过来的时候我浑身都是汗，感觉透不过气来，特别逼仄。”

我：“现在已经快要撞到黑洞了？”

他：“是，一天比一天近，如果那个黑洞是旋涡中心的话，我现在已经快被吸到那个中心了。越是靠近中心，我就越是要做噩梦，感觉自己的身体像面条似的被拉长。而且每天起来情绪都很焦躁。我想这恐怕是某种征兆，预示着世界末日就要到了。”

我：“这怎么还世界末日了呢？”

他：“你不知道，掉进黑洞的场景，并不是我做噩梦产生的幻觉，这很有可能是真的。我们的地球真的正在朝着一个黑洞掉进去。”

我忍不住笑了，说：“地球在朝着黑洞掉进去？要是真有黑洞我们早就发现了啊。”

他：“是早就发现了，其实天文学家们早就知道真相了，但是他们怕这件事引起恐慌，所以一直隐瞒着不公布。其实我们的地球一直都在朝着黑洞运行，而且用不了多少年就会掉进去。”

我：“这有什么依据吗？”

他：“我想你可能会听不懂，因为你不是搞空间物理的，也不懂天文学吧？”

我：“多少还是懂一些，我平时有空也会看一些有关这方面的书。”

他：“那好吧，你知道宇宙在膨胀吧？”

我：“暴胀宇宙理论？”

他：“对，暴胀宇宙理论，看来你还是知道的。暴胀宇宙理论说我们的宇宙空间在膨胀，所有的星系都在远离我们而去。但是，其实那是假的，事实根本不是这样。”

我：“你是说，宇宙根本没有膨胀？”

他：“对，宇宙根本没有膨胀。宇宙一直都是稳定静止的，不会膨胀也不会收缩，我们感觉宇宙在膨胀，说到底是对光的多普勒频移现象的观测，也就是发现恒星的光都有红移的现象，所以觉得离我们越远的星系远离地球越快，然后我们说宇宙在膨胀。但是事实恰好相反，那些星系根本没有离我们远去，它们一直都是静止的，我们观测到的红移现象，其实是地球正在被黑洞吸进去，那些恒星的光也会被黑洞吸过来，越远的光逃出这个黑洞的机会越大，被黑洞捕获的光波段也越集中在红色频率，所以我们能观测到离得比较远的恒星有红移现象，而离得比较近的那些恒星的光被黑洞捕获的光线波段多了，我们就能够观测到更多频率的光线，所以红移现象不明显。我们以为它们离我们近，其实那都是假象，我们正在朝着一个看不见的巨大黑洞跌落进去，怕是用不了多久就要世界末日了。”

我：“这就是你一直睡不着觉的原因？”

他：“我想应该就是这个原因，我是在家里自己用笔计算出来的，我们的地球真的在朝着黑洞掉下去，我们的太阳系现在就像是一片在旋涡附近打转的叶子，正在快速地朝着中心的那个洞跌落，而且离得越近，被吸进去的速度就越快……想到这件事，我心里就忐忑不安，晚上也老是睡不好……我总是在想，也许我一觉睡下去，就再也起不来了呢？”

后来我看过患者做的那个所谓的地球朝着黑洞跌落的计算公式，但是我压根看不懂，我也找了之前认识的那位量子力学教授，把那份计算公式给他过目，那位教授很感兴趣，但是他却说他也看不懂这位民间科学爱好者所写的这些数学公式，因为里面的很多数学符号都是那名患者自己发明的，只有那名患者自己才看得懂。

到最后碍于学术研究领域所限，我无法得知这名患者的推理是否正确，我唯一能够做的只是借用桑塔亚纳的话来进行自我安慰：“生和死是无法挽回的，唯有享受其间的一段时光。死亡的黑暗背景对托出生命的光彩。”

珍惜我们剩下的生命吧，把每一天都当成是我们掉进黑洞前的最后一天，也许，时间会更加宝贵。

八、在我出生之前

妄想是大多数精神病患者都会出现的症状，往往还伴随着幻视、幻听等情况，一般人会以为出现幻视、幻听是心理作用，但其实不然，造成这类症状的原因本质上是脑部有机能上的组织流失。在病患开始出现幻觉和妄想时，脑部组织会同时快步流失，有些患者在第一年就会流失5%的脑部组织。而随着组织的进一步流失，患者甚至可能会逐渐分不清现实和虚幻。

我遇到过这样一个患者，在和他交谈之后，我甚至在一段时间内对真实世界产生了怀疑。

我："你是一个人来的，没有家里人陪同？"

他："对。我觉得发生在我身上的情况不能跟家里人说，说了……反而会让他们难受，当然，说给谁听，谁都有可能会难受。但是这个念头在我心里憋了太久了，我今天一定要把它说出来。"

我："什么样的念头在你心里憋了那么久？"

他："这个念头如果我告诉你，就等于全世界都知道了。"

我："我不会告诉其他人的。像你这样到我这里来谈话的人很多，我都会坚持我的保密原则。

他："不是，从你的表面职务来说，你说这些话没问题。但是你真正的身份是'他们'的一分子，我告诉你，你肯定会跟他们说的。"

我："他们是谁？"

他："设计者，或者说剧本家……或者是给我安排了这些人生剧本的你们吧。"

我："人生剧本？"

当时我大概就猜到了他的想法，像他这样的患者并不少。很多患者都会怀疑这个世界的真实性，有的患者会认为自己是这个世界的创造者，也有患者会觉得自己被人监视，周围的人都想要陷害自己，又或者有患者会认为自己就像是《楚门的世界》里的主角，是一个被关在摄影棚里的演员，自己的人生都是被设计好的。

他："对，就是你们给我的人生写好了剧本，然后一边看着我的人生故事，一边在背地里笑话吧？"

我："其实吧，你不是第一个对我说这种话的人，但是我还是好奇，为什么你会这么想呢？"

他："因为我梦到了。"

我："梦到了什么？"

他："我梦到了真实的世界。"

我："真实的世界？你梦到的真实世界是什么样的？"

他："你还问我真实的世界是什么样的？还用我描述吗？你们这些演员不应该很清楚吗？"

我："好吧，好吧，消消气，你先稳定一下你的情绪。你就当我是在假设，我先承认你是正确的，我真的是演员，但是我现在为了演员费，还是在继续保持演员的身份，假装不知道真实的世界是什么样的，跟你对话，怎么样？"

他："看来你们早就做好了我发现你们真相后的应对体系了，话术都已经准备周全了啊。"

我："呵呵，你就姑且这么认为吧。就当我们随便聊天，跟我说说你的梦吧？"

他："第一次做那个梦，其实是在我很小的时候了。有一次，我跟家里人吵架了，离家出走了。那段时间我非常不顺心，上体育课受了伤，考试成绩也越来越差，我感觉好像整个世界都在跟我作对，要把我往死里逼似的，我甚至觉得活着都没有什么意思了。"

我："每个人都会有不顺心的时候吧，熬过了那段时间就好了。"

他："熬过了那段时间？你以为我会傻到认为那段时间会熬过去？"

我："为什么这么说？"

他："因为这些都是你们安排好的，你们想要看精彩的剧本，所以给我的人生安排了各种糟糕透顶的剧情，好让剧本变得更曲折、更复杂，对于那些观众来说，也会变得更加有趣！"

我："好吧，原来你是这么想的。可是如果真有观众看你的人生故事的话，为什么就一定要看精彩曲折的故事呢，说不定也喜欢看成功人士的故事呢，或者是温馨的爱情故事也很不错啊。"

他：“那样的故事不会有市场！你看看电影院里的那些电影，哪一段不是跌宕起伏的？剧情平平无奇的故事，观众都会看得打瞌睡，说不定就直接退票了。”

说到这里，其实我已经对继续跟他就这个话题讨论下去失去兴趣了，因为他的这种想法实在是不够新鲜，怀疑世界是虚假的，怀疑自己的人生是被安排好的，这样的想法对我来说早已经缺乏足够的冲击力。

他：“那天，我离家出走，一个人在街道上走啊走，走了很远的路，最后到了一个公园里，就躺在长椅上睡着了，在那条长椅上，我做了一个很奇怪但又很逼真的梦，比现实世界要真实得多。”

我：“什么样的梦？”

他：“我梦见自己在一个雪白的摄影棚里醒了过来，站在我面前的是摄制组的人员，制片人、导演、摄影师、编剧、化妆师、道具师等，制片人居然长得和我爸爸一模一样，导演长得和我妈妈一模一样，还有摄影师，居然长得和我已经去世了的爷爷一模一样。那时候我爷爷已经去世两年了，可是在那个摄影棚里，他虽然年龄和去世前差不多，但是他看起来非常健康爽朗，跟他得癌症死前奄奄一息的样子根本就不一样。他们看到我，都朝着我挥手，脸上还挂着灿烂的笑容。但是我根本动不了，我在那个世界动——不——了！”

他变得烦躁起来，语气也开始变得歇斯底里。

我：“为什么动不了？”

他：“我也不知道啊，我哪里知道你们做了什么，反正我就是动不了，就像是一台摄影机，只能看着导演、摄影师们朝我挥手，但是我却不能说话，也不能跑上前去跟他们接触。最后，没过多久，我就从梦里醒过来了。”

我：“在醒来之前，他们对你做了什么吗？”

他：“他们也没有对我做什么，只是在那里大声交谈而已。”

我：“聊什么你听清楚了吗？”

他：“我妈妈，也就是那个导演，她说我醒来了，怎么办。旁边的摄影师，也就是我爷爷说，没关系，等我再醒来就不会记得在摄影棚里的事了。然后我就醒过来了，虽然记忆有点模糊，但是我还是记得摄影棚里的事。那时候，我觉得自己发现了天大的秘密。”

我：“后来你又做了什么？”

他：“后来我还是回家了。但是回家之后，我还是时不时想起那个怪梦，然后有一天，我不经意地对我妈妈说了两个字。”

我：“哪两个字？”

他：“假的。”

我：“假的？”

他：“对，有一天，我很随意地对妈妈说了‘假的’两个字。然后，她就像是中邪了似的，一直问我什么是假的，问我为什么要说这两个字。她看起来很担心、很焦虑，很明显是有些心虚了，我知道他们害怕了，害怕我看穿了这个世界的真相，开始不配合他们演戏。”

我：“后来呢？”

他：“后来时间久了，她不怎么追问了，可能觉得事情过去了。但是对我来说，这些都才刚刚开始。”

我：“你后来又做了很多这样的梦吗？”

他：“当然，这样的梦越来越多。不过奇怪的是，我做这样的梦越多，就越是回到我的小时候，梦里的爸妈和爷爷奶奶也会变得更加年轻。”

我：“变得更加年轻？”

他：“对，刚开始做梦的时候，我发现自己还是学生时的样子，但是到了后来，我做梦多了，就发现自己渐渐变成读幼儿园时的样子了，再到后来，我发现自己居然已经变成了婴儿的模样。我不能走路，也不能说话，我只能看着他们给我安排各种人生剧本、各种遭遇，但是我没法反抗，只能逆来顺受。”

我：“最近一次做梦是什么时候，梦里的你变成什么样了？”

他：“最近一次是3天前，但是梦里已经没有我了。”

我：“梦里没有了你？”

他：“对，因为我做梦的时候是看不到自己的身体的，我变成了一个‘第一视角’的镜头似的存在，但是我自己的身体就好像变透明了一样，根本看不见。奇怪的是，梦里的‘爸爸妈妈’也变得非常年轻，而且，他们讨论的话题也变得越来越早。”

我：“越来越早，是什么意思？”

他：“就是一开始是讨论我读书时的剧情该怎么安排。但是到了后来，他们开始安排我读幼儿园时的剧情，再早一点，他们居然开始安排我出生之前的事情了。那时候，我已经连形体都没有了。每次做梦，我都能看到我妈妈抱着一个玩偶娃娃，在那里练习抱我的样子。而且，还有更可怕的事……”

我：“更可怕的事？是什么事？”

他：“……在我出生之前，他们就已经写好了我全部的剧本。我看到了满满一地的书，上面写满了我将来的人生该怎么走，我该喜欢什么样的颜色，喜欢什么样的玩具，喜欢吃什么菜，看什么电视剧，看什么书……我第一次钓鱼是在哪一天，第一次上学是在几号，该在哪一天遇到心动的女生……全都写好了。在我出生之前，我的剧本就已经被写好了，全都写好了！”

他突然又变得歇斯底里起来，苍白的脸都紧绷得有些变形。

我：“所以你今天过来，就是想对你看到的那个梦里的‘真实世界’里的人说，你不想再被安排了，不想再演下去了，是吗？”

他郑重其事地看着我，点点头：“对。如果你能够给他们传话的话，算我求求你，帮我向他们传话吧，别再安排我的人生了。我想过自由的日子，自由自在的日子，不被人安排的日子，好吗？”

我：“很遗憾，我可能做不到，但是我建议你做个脑部影像学检查。”

他：“不用了。既然你这么说了，我也没有什么好跟你多说的了。”

他根本没有想进行体检的意思，在跟我说完了这番话之后，他就离开了我的门诊室。

在离开门诊室前，我看到他的脸颊上已经挂满了泪水。

我见到他的神情不对劲，就急忙起身追了出去，还是想要建议他做个脑部影像学检查。

可是当我走到门口时，却撞到了恰好经过的护理员小张。

当我再次抬起头时，走廊外已经看不到那位先前来找我谈话的“患者”了。

当我问小张有没有看到那个患者往哪个方向离开了时，小张却是一脸茫然地看着我说：“离开？我刚才没注意啊。”

我愕然了。

很久以后，当我跟我的同事提起那一次的遭遇时，他笑着跟我道，其实真实和不真实没有那么重要，关键是那个人说的话也不是完全没有道理。每个人都觉得自己的人生是由意识主导的，但是其实在自己出生之前，就有很多人把你的人生给安排好了。

你呢？离你出生前父母对你的期待又有多远呢？

九、世界的阶梯

不论从哪个角度看，他都不是一个病人，和我见过的各种讲课教授差不多，他穿着得体考究，样貌整洁，就像是学术圈里那些极有素养的学术型人才。而和他展开的这次对话使我受益匪浅，如果对改变了我对这个世界的看法的人进行一次排名的话，我想，他应该能够排进前五名。

他："来你这里的人，是不是动不动就喜欢说一些大的话题？"

我："大的话题？"

他笑着说："就是动不动就是宇宙是怎么样的、世界是怎么样的……像这样的话题？"

我也反应了过来："哈哈，你说的这种人的确有一些，但是也不算很多，遇到过几个喜欢动不动就说宇宙如何的人。之前我就遇到过一个大师，他就说每个人都是一个小宇宙，要我跟他学破解身体里的小宇宙、释放潜能之类的技能。那时候，他还一本正经的，让人想不信都难。”

他：“你做这一行也很不容易啊。”

我：“每一行都不太容易啊。”

他：“其实这次找你，我也想跟你聊聊一些关于世界、宇宙之类的话题，因为我跟其他人聊不下去。”

我：“可是说实话，我真不是这方面的专业人士，你要谈这种东西，应该去找懂宇宙学、天文学知识的人更适合。”

他摇了摇头，苦笑道：“这就是问题所在了。因为我虽然跟别人谈的是宇宙、世界之类的话题，但是这些话题只是表象，真正更深奥的东西其实跟宇宙没有太大的关系。”

我：“哦？你的意思是，你跟别人谈论宇宙，但是涉及其他东西？”

他：“对，简单来说就是这么个意思。直白地说吧，我想问问你，你知道‘维度’这个概念吗？”

我：“就是科普新闻里经常说的高维度空间之类的概念？”

他：“对，就是高维度空间。现在不是很流行超弦理论吗？一些科学家说我们的宇宙有10个维度，只是其中6个维度在我们看不见的微观尺度收缩了起来，所以我们看到的世界是只有长、宽、高还有时间的四维空间。”

我笑道：“这种东西吧，其实偶尔看看是挺有意思的，不过，太深入了解就太复杂了。这种研究还是交给物理学家、天文学家去研究比较适合。”

他摇了摇头：“维度的说法不是重点。我要说的是一种世界观。”

我："世界观？"

他："嗯。打个比方吧，目前关于高维度的理论是这样的，如果我这里有一根吸管，你从远的地方看吸管，吸管只是一条线，但是如果靠近了，你就会发现它是个二维的筒状物，但是再继续靠近，缩小到微观尺度，你就会发现吸管表面没有那么光滑，其实有很多凹凸不平的结构，然后如果你继续放大、继续放大……就会看到更加复杂的世界，是吧？"

我："嗯，是这样，毕竟人的眼睛能看到的物体形状很有限啊。人类目前对微观世界，还缺乏一定的了解。"

他："但是我觉得，从宏观到微观，人类的这种思维方法本身就有点问题。"

我："哦？这是什么意思？"

他："我的意思是说，人类不停地用各种科学仪器，从宏观世界到微观世界去深入观察，看到了更多的微观物体的维度，这是一种'还原论'的观察方法，就是把一个东西不停地拆开，把大的东西拆分成小的，就跟小孩子拆玩具的心理一样。"

我："可是这有什么问题吗？"

他："会有很大的问题，我示范一下你就知道了。"

说着，他就从自己的裤兜里找出了一枚一元的硬币，摆在了我的桌子上，然后指着硬币笑着问我："你说，这是什么？"

虽然我知道我的回答肯定被他预料到了，但是我还是试探着回答："一元的硬币？"

他："你的回答不对，这是一块圆形的金属。"

我忍不住笑了起来："这当然是一块金属，但是一般人怎么会这么回答，没必要特地强调吧……”

他：“可是，如果你用‘还原论’的思维方式来回答我刚才的问题，就应该回答‘这是一块圆圆的、扁平的、表面有凹凸的几何纹路的金属’。至少，现在的科学家们研究微观世界，就是用这样的思路，你有没有感觉这里面有什么问题？”

我：“按照你刚才的思路来说的话，好像的确有什么问题……但是我也说不太清楚，就是觉得有点蹩脚。”

他：“很蹩脚是吧？这就是问题所在了。如果你用‘还原’的方法来思考这个世界，其实就是用了一种拆分的思维模式，无非就是把一个整体不停地拆分成更小、更简化的微观部分。你看到的世界是不全面的，你看到的只是这个世界的‘维’，但是你没有看到这个世界的‘阶’。我们的这个世界除了‘维’之外，还有‘阶’。”

这也是我喜欢和一些有着特殊思想的人聊天的原因，他们每每都能够抛出一个让人感到新鲜的说法，和这些人讨论这些问题，很多时候往往能够澄清一些你平时感觉得到，但是没有办法很好表述的现象。

我：“我觉得你的想法很有意思，但是‘阶’又是一个怎样的概念呢？”

他：“这个其实就是一个物体的两面性。比如说你看到商店门口的招牌，用‘维’的角度来看就是一块木头，上面有一些图案，但是如果用‘阶’的角度来看，那就是一块有文字的招牌。它是有附加信息的。再比如说，海边的一座沙子堆成的城堡，其实从本质上来说，那就是一堆形态特殊点的沙子而已，但是小孩子可以把它看作城堡，从它的形态里读出‘城堡’这个信息来。如果你是个科学家，不管你怎么研究沙子的分子结构、它的化学成分，甚至研究到原子尺度以下的结构，你也是读不出‘城堡’这个信息的。因为你的思路就错了，你始终用‘维’的视角看事物，但是忽略了‘阶’。”

我：“这个想法的确挺有启发性的。不过，这有什么现实意义呢？”

他：“现实意义这种东西很难说，好歹我先提出了‘阶’这个概念，总比没有强，至于它以后能够有什么现实意义，那就是后人的事了，打开一种世界观，就像开启一道新世界大门，里面能发掘出什么，那就不是我这个开门人能做的了。举个例子，下围棋就是这样，如果你是个外星人，看棋盘只能看到一堆石子，因为你只是从物理层面去看，但是却看不出围棋的各种定势、棋局思路和背后下棋人的思想，我觉得，科学家已经不能从‘维’的角度去分析了，这是一个无底洞，应该分出一些精力去了解‘阶’，这才是个全新的领域。”

我：“可是，我也想到了一个问题，你说沙子像城堡，但是如果沙子倒塌了，城堡也就没了，不是吗？城堡这个‘阶’不也就没有了？”

他欣慰地笑了：“对，你发现了一个我一直在思考的问题，那就是‘阶’是依赖于‘维’的，没有了维，也就没有了‘阶’。如果金属被熔化了，硬币也就没有了。金属没有交换的价值，只有金属被做成了像硬币那样的形状才有买东西的价值。‘阶’和‘维’是两个东西，但是‘阶’还是依附于‘维’。在哲学上，有个词形容这种情况，叫作‘随附性’。”

谈话进行到这里，我才完全明白了为什么他说他所讨论的宇宙及世界的问题和物理学、天文学没有太大的关系，因为他本质上讨论的只是一种思想、一种世界观。而这种世界观对于目前的物理学来说，要把它应用起来进行研究还为时尚早。

初看花是花，树是树。

再看花不是花，树不是树。

最后看花是花，树还是树。

也许这句广为流传的话，暗含了他所谓的“阶”的思想吧。

十、四个结局

他是一名程序设计方向的游戏设计师，之前参与过几个工作室的游戏设计工作，但是后来他退出了所有工作室，把自己闷在家里，从早到晚，足不出户，仿佛与外面的世界隔绝了一般。

后来，他的家人怀疑他得了抑郁症，所以将他带到了精神病院诊治，我看到了他那因为长时间没有冲洗、打理而变油腻的长发和满脸的胡楂。

我："我看过很多病人，但是你绝对不属于他们那一类。我看到你的第一眼就知道你肯定没得抑郁症，抑郁症患者不是你这样的。"

他笑嘻嘻地说："我本来就没得什么抑郁症，是我爹妈想多了，非要带我过来。"

在说话的时候，他手里拿着手机，两只手一直在快速地按动，好像在发短信。

我："给朋友发短信？"

他摇了摇头："不是，是在玩游戏。"

我一下子就猜到了他的情况，他很可能是沉迷于游戏，严重的网瘾导致他足不出户。

我："你待在家里，整天就玩游戏吗？"

他笑得更灿烂了："算是玩游戏，但是跟你想的肯定不一样，你以为我是玩初中生、大学生玩的那种网游是吧？我告诉你不是，我玩的是《生命线进化》和*Super Life*这两款游戏。"

说着，他走上前来，让我看他手机里的游戏App，我看到手机屏幕上显示出一个类似于俄罗斯方块的页面，里面有很多"L"形、田字形或者十字形的格子，一闪一闪的，还在不断变动着，就像是无数只小蜘蛛在他的手机屏幕上爬。

我："看起来跟俄罗斯方块似的，这是什么游戏？"

他："这不算是游戏，而是一个生命模拟的软件。其实这两个游戏都是一类游戏，只是风格上稍微有点偏差，而且它们都是根据康威生命游戏改编过来的。"

我："康威生命游戏？在游戏里设计生命吗？"

他："简单来说，你可以把这个游戏世界当成另外一个世界，在那个世界里，你可以设计一套算法，然后让里面的一些元素按照一定的算法来运作，比如说组合、消除、碰撞等。然后经过几千代、几万代甚至几百万代之后，那个世界会从原来非常简单的状况，演化成一个非常复杂精彩的世界。"

我："不是很明白，简单来说，你的意思是在这个游戏里能够创造出生命？"

他："那得看你对生命怎么定义了。生命游戏一开始是英国数学家约翰·何顿·康威设计的，这个游戏一开始叫'元胞自动机'。游戏画面就像是一个巨大的黑白格子棋盘，其中每个方格都可以放一个细胞，细胞有生和死两种状态，比如用黑色的格子代表生，白格代表死，然后再给细胞设置下面的生存规则：

"第一，生命会相互影响。所以每个细胞的状态由这个细胞周围8个格子上一次的状态所决定。

"第二，生命会繁衍。如果1个细胞周围的8个格子里有3个细胞为生，这个细胞就变为生，如果这个细胞原来是死，那么也变成生，如果原来就是生，就按照原来的样子不变。

"第三，生命喜欢平衡。如果1个细胞周围有2个细胞生存，那么这个细胞的生死状态保持不变。

"第四，生命太多、太热闹，会挤压其生存空间。所以在其他情况下，这个细胞会死，也就是说活着的细胞都会死亡，如果一开始就是死的，那么就保持不变。

"按照这样的规则，康威最初的生命游戏就被设计出来了，当然，只要把算法改一下，生命游戏的形式就可以有很多。但是本质其实都是一样的，就是一开始用最少、最简单的材料，根据一定的算法，演化出一个极其复杂的世界。"

我："听起来就好像自己当上帝一样。"

他："对，在这个游戏里，你就是上帝。游戏里的那些细胞和组织是活在二维世界的生命体，它们不知道你这个上帝在操控着它们，所以只能按照你设计的规则来行动。"

我："你在里面设计出生命了吗？"

他：“我说过了，是不是生命要看你的定义，但是我的确是设计出了一些很有趣的东西，我给你看几种我设计出来的模板你就知道了。比如说，像这种非常复杂的谢尔宾斯基三角形，那是经过几千、几万代的演化形成的像雪花一样复杂的图形。还有你看这个图形，它看起来就像是一只振动翅膀的蝴蝶，对不对？”

我看了看他给我看的各种设计出来的二维生命体的模板，在看到第二个模板时我的确有些叹服，在这个模板里，我看到了一只由几十个黑色的方格子组成的蝴蝶，它在不停地扇动着翅膀，好像永不停歇地在飞舞。

之后，他向我展示了更多有趣的东西：像蚂蚁一样爬动的蚁群、像窗框一样可以不断复制的分形图形、贪吃蛇、微笑的人脸等不可思议的图形。

我：“真是神奇。”

他：“这个其实不算什么。美国目前一些先进的研究机构，像是圣塔菲研究所，已经开始用这种生命游戏来预测人类文明的演化了，包括人类的历史、文明群体的现象，还有一些经济学、国家政治博弈的模型等。”

我：“国家政治博弈层面这种太复杂而且敏感的东西我也不太懂，不过你现在就专门研究这个，是吗？”

他：“差不多吧。其实除了国家政治博弈层面之外，更重要的是这个程序也可以发现很多物理规律。比如说，核裂变的过程、热力学的熵增、化学反应里的催化剂效应、杂交规则的遗传算法、光学上的反光、细胞的自我复制，而且我还发现了在正交方向上超光速的特殊算法，这甚至可以颠覆现有的物理规律。”

我：“超光速？”

他：“对，某些算法里会出现一个超光速的现象，我已经记录下来了。如果研究出生命游戏里的这些物质的规则和现实世界的物理法则的对应关系，我说不定还可以提出超光速的公式呢。哈哈，其实，我还发现了很多现在学术界根本没有提出来的新物理法则，我甚至发现目前人类的公式只是九牛一毛，如果你不断地挖掘生命游戏，让它演化，它可以给出几百万、几千亿种物理公式，人类目前已有的物理知识在这个软件面前根本就像是小孩子过家家。”

我：“可是你给我看的这两个游戏，我没看出那么复杂的东西啊。”

他笑了笑说：“因为这两个只是给普通人玩的游戏，我家里的是我自己设计出来的程序，比这个复杂多了。”

我：“可是你的父母不懂你在干这个吗？你没有跟他们解释吗？”

他：“他们觉得我这是不务正业、走火入魔。可我不管那么多，我发现的这个世界太精彩了，我根本不想再走出来。而且，你知道吗，我已经发现了更加本质的东西。在把这个东西研究清楚之前，我不想中止我的项目。”

我：“更本质的东西？那是什么？比你发现的物理法则更本质？”

他：“对，比物理法则更本质。物理法则只是那个东西的一部分。我发现的，是世间万物的最终命运，或者说，这个宇宙的结局。”

他的语气开始变得神神道道，但是说实话，我已经开始对他所说的内容感兴趣了，于是我继续问道：“你还发现我们宇宙的结局了啊？结局是什么样的？”

他：“其实不单单是宇宙的结局，应该说是万事万物的结局，宇宙也包括在万事万物这个概念里，哪怕有其他的宇宙，也逃不出这种命运。”

我：“好吧，那我们这个世界的结局是什么样的？”

他：“有四种结局。这是我总结了生命游戏里无数次演化模板后得到的结论。”

我：“有四种？哪四种？”

他：“混沌、和谐、全同、轮回。”

我：“这个太专业了，说实话，我听不懂。”

他：“其实也不太难。混沌的意思是说，生命游戏里的那些物质会随着时间演化而变得越来越复杂，越来越杂乱、混乱，而且找不到任何规律，到最后，世界的复杂度会越来越高，一个物体要影响其他物体的成本也越来越高了。你可以想象一个盆子，里面既有水果、蔬菜，也有石头、皮球、塑料、金属等乱七八糟的物体。

“之后就是和谐，这种状况下是最适合生命存在的。在和谐的模式里，所有的物质都能够完美地参与到一个大的系统里，形成一个能量循环的完美的流，事物之间互相影响又互相协调，整体却能够达到一个最完美的平衡，而且还在协调的状态下进行发展和演化，整体却一直保持平衡不会崩溃。你可以想象一盘围棋，黑棋和白棋整体保持互不相让的和棋状态，但是随着棋盘不断扩大，双方都能够维持这个完美的平衡。当然，在所有的模式里，要达到这种和谐的模式是最难的。

“之后就是全同，这种情况你可以想象一下一盘全是黑棋或是白棋的棋盘，在这种情况下，整个世界里的粒子运动都已经完全同步，就像整齐划一的士兵一样，一齐向右或者一齐向左，这个时候，这个宇宙已经彻底死了，再也不会有其他的变化了。

“然后是轮回，在轮回的模式里，事物会陷入一个不断循环的怪圈，就好像时间不断重复一样。这种情况可以参考围棋里的‘打劫’，就是黑棋和白棋在某个地方对峙，如果黑棋吃了白棋，那么白棋就可以吃了黑棋，之后黑棋又可以吃白棋，双方在同一片区域不断地重复你吃我、我吃你的过程，永无止境。这就是轮回。”

我：“你总结得这么详细，看来真的是花费了大量的工夫。”

他：“是啊，我已经演算了3个月，才勉强得到这样的结果。”

我：“所以你认为，我们的这个宇宙，结局也是这四种之一？”

他神神秘秘地说道：“这也是我现在正在研究的。从长远来说，我可以知道我们这个宇宙到底是四个模式之中的哪一个，同时，我也可以知道我们人类文明会在什么时候灭亡。”

我：“灭亡？”

他：“是啊。在过去这些天里，我不知道重复进行了多少次实验，在这些实验里，大多数的生命形式繁衍了两三代就灭亡了，剩下的，有些繁衍了几十代或者几百代，繁衍代数超过一千的已经很少了。而我们人类已经演化几百万年甚至几千万年了，这在生命游戏里已经是极其罕见的情况。在生命游戏里，常常有这样的生命种群，它们前一代还很繁盛，但是接下来的几代却开始迅速地衰落，然后消亡，这种消亡是因为它们自身的演化算法进入了导致其毁灭的算法阶段。这和环境污染、病毒感染、战争或者人口过剩都没有太大关系，纯粹是从算法的角度来说，它们已经算到头了，要死了。”

我：“真的很难理解。”

他："你想一下寒武纪生命大爆发，两性生命体突然出现以及恐龙死亡就知道了。现在虽然关于这些历史上突然出现变异的生物演化现象有很多解释，但是其实都不太靠谱。在我看来，纯粹就是算法到了一定阶段自然而然出现的变化。比如说，在生命游戏里，就会出现遗传、复制甚至两性代码交换的现象，这是一个计算到了一定程度后自然而然就会出现的现象，外界环境、生物竞争的影响都不大，这是一种数学现象，就好比2^n这个指数函数，一开始上升的幅度很小吧？但是随着时间延长，这个指数上升得越来越快，生命现象也是这样，很多时候，生命的各种现象都是无法避免的。甚至，还有别的现象也是。"

我："别的现象？"

他："比如智力爆发。人类历史上有个轴心时代，历史上的智者、思想家，像苏格拉底、柏拉图、亚里士多德、老子、孔子、孟子、墨子、释迦牟尼，几乎都是在那个时代出现的，在那个地域隔阂如此巨大的时代，怎么会出现智力大爆发的现象呢？如果从生命游戏的角度来解释，那么，就是人类这一套算法恰好到了这个函数的某个拐点，所以函数的曲线出现了波动罢了。"

我："如果真是这样的话，那么，你这个研究就真的很有意思了。"

他："我早就说了，我这个研究很有意义，可是我家里人不相信我。嘿嘿，等着吧，只要我继续研究下去，就一定可以发现更多有趣的现象，不但可以解开历史上的各种谜底，甚至可以预知未来，发现各种新的物理规律，比起什么工作、找对象，追求最终极的真理才是一个只拥有有限生命的人更该去做的，不是吗？"

你永远叫不醒一个装睡的人。

同样的，你永远也治不好一个装疯的人。对于他的思想境界，我非常钦佩，毕竟他和我碰到的一些弄虚作假、故意用科学来兜售宗教思想的半瓶子醋完全不同。

据我了解，他还真的专门研究、学习了各种前沿理论，比如说分形学、混沌学、非线性理论、突变论、协同论、超循环理论、自组织、耗散结构理论、复杂性理论、信息论、博弈论、进化论、控制论、系统论，在自我学习的层面，他真的可以说是我见过的最勤奋的人之一。

他还告诉我说，其实生命也是生命游戏里的一种特殊算法罢了，这种算法形态叫“迭代”，但是除了“迭代”之外，生命游戏里还有各种各样的形态，如滑行、振动、循环、吞噬、破坏、同化、播撒等，在生命游戏里，能够产生的规则无穷无尽，而生命的迭代性只是其中的无限分之一。

在以前，我偶尔会想，我们这个宇宙是一台计算机，上帝是个设计师，设计了各种各样的生命。

但是在听了他的话之后，我更会想，如果真的有个上帝，他也只会是游戏设计师，他根本不需要亲自设计生命，他只要设计一套算法，就可以自动产生各种各样的生命。

那么，这个设计师，他现在会不会也正在像欣赏水缸中的金鱼一样，微笑着欣赏你和我呢？

十一、你是我的主人吗？

一般来说，如果家里有一个精神病患者，对于他的家人来说是一种极大的痛苦和折磨，甚至很多幸福美满的家庭都因为精神病患者的存在而被彻底摧毁。我见到过太多这样的案例，我非常同情那些家庭，但是，更多时候我也帮不上忙。

她生活在一个单亲家庭，性格温柔体贴，善良贤淑，知书达理，她是在母亲的陪同下来到我这里的，看到她的时候，我只觉得她是个可爱的女大学生，并没有看出什么异常。有些精神病患者从他们的面部表情，就能够看出一些端倪，比如，有种患者他们看人的时候眼睛是斜着的，并不会直视你，所以他们会给你一种冷漠、孤傲的错觉。

但是眼前的这个女生没有。

还没等我发问，这个女生就用一种带着期待、憧憬和羞涩的眼神看着我，然后突然开口问道："你是我的主人吗？"

“这是怎么回事？”

女生的提问让我震惊，我看向她的母亲，她的母亲却一把搂过了那个欣喜异常的女生，开始一把眼泪一把鼻涕地诉说起了她的症状。

母亲：“我的女儿叫馨馨，她的毛病已经好多年了。”

我：“嗯，你慢点说，她……怎么了？”

母亲：“她只要一看到人，就会觉得别人是她的主人，然后去认别人做她的主人。”

我不可置信地看向了一旁那个叫馨馨的女生，女生正亢奋地看着我，嘴里念念有词，还问我：“你是我的主人对不对？我一直在找你……”

我从医这些年来，从来没有见到过这种症状，甚至别说是我，恐怕全世界都没有几个人见到过这样奇怪的症状。

我重新看向患者母亲：“你说她有这样的症状已经好些年了？那你为什么不早点带她来看病？”

母亲有些懊悔地捂住了脸：“我知道她的脑子出了问题……怕别人看不起她，所以就没有带她来。我想她是中邪了，所以就一直把她关在家里……可是她还是老跑出来……”

对于这个母亲的行为，我有些震惊，但是也多少有些理解。因为的确有一些精神病患者的家人，为了怕自己的亲人有精神病的事被外人知道，会把他关在家里而不让他住院，尤其是女孩子，颜面特别重要，如果被人知道有精神病，很有可能嫁不出去，所以一般家庭对没有结婚的女精神病患者的口风特别紧，极少透露给其他人知道。

我：“她是见到谁都这样吗？不分男女？”

母亲摇了摇头：“分男女的，只会在看到男人的时候才这样。有一次，她跑到了一个独居的男人家里，然后还趁着对方不在家的时候给他做饭，等到那个男人回到家的时候，她还说自己是对方的丫鬟，要照顾他的起居，说给他做了饭菜，还把衣服都洗好了，房子也打扫干净了。那个男人吓坏了，差点就报了警，这件事我都没脸跟其他人说。”

我的脑海里浮现出了这个母亲所描述的场景，不禁觉得有些荒诞。如果不是亲眼见到了患者和她的母亲，我肯定会觉得根本就是天方夜谭。

我：“这是最近的事吗？”

母亲：“不是，已经是一年多以前的事了，大概是在去年3月的时候。”

我：“那之后还有什么事情发生吗？”

母亲：“很多，有时候让她一个人在家里，她会偷偷溜出去，不知道去哪里，然后满大街地认人。”

我：“见到谁都觉得是自己的主人？有没有什么规律？”

母亲：“那也不是，好像完全是随便认的，她自己是什么想法我也不知道，但是她只认一部分人，不是谁都认。”

我：“那认了之后持续多久呢？是一直那么认着，还是过一段时间之后自己就产生认错了人的意识？”

母亲：“这个其实我也不太清楚，到现在，她认人也有几百次了，但是大多数时候别人拒绝了，她就没有什么下文了，不会追着一直问，但是如果有人开玩笑说是，她真的会当真。那个时候如果没人把她给撵走的话，我估计她是真的会留在别人家里过日子。”

我：“几百次？情况都严重到了这个地步，你还不让她来医院看看？”

母亲：“可是她在家里……还是很乖的啊，只要我在家，我说什么她都会听，跟个正常人一样，但是我一不在家，她就又会这样……”

我：“你老公呢？他不跟你在家里一起照顾她吗？”

母亲低下了头：“我跟他已经离婚很多年了。”

我：“哦……这样啊。她小的时候是很正常的吧？”

母亲连连点头，然后有些犹豫地说：“很正常。差不多是从3年前开始变成这样的……”

我：“那这种情况就不是先天的，是后来发生了什么事导致的，她有过什么样的病史？或者说，她是遇到了什么事才开始变成这样的？”

但是患者母亲却支支吾吾地不肯回答，最后僵持了半天，母亲问道：“医生，我女儿到底是什么病？能治好吗？”

我想了想，然后说道：“这种情况很少见，先做个检查吧。”

经过脑检查，这个叫馨馨的女生被确诊右额叶腹内侧曾经受到过轻微的损害，头颅CT显示存在着极其轻微的脑萎缩。但损害的部位范围并不大，是固定的一个极小的点，所以根据我的经验判断，有可能是某种比较尖锐的东西大力刺激之后留下的创伤，而这种损伤在医学上有可能造成的后果是弗雷格利综合征。有这种综合征的患者会将生人误认为是熟人。此外，馨馨还有一定程度的分离性漫游症，这导致她有可能出现短暂失忆的现象，有时候走到一个地方，会忘记自己为什么在那里。

这在一定程度上，的确可以解释馨馨把生人当成自己主人的现象。但问题是，一般患有这种疾病的人只会把生人当成熟人而已，不至于当成主人。那么，馨馨这种把外人当成主人的情况，可能存在着更深层次的原因。

可以说，馨馨的这种表现是多种症状结合后的表现。从生理上来说，她患有大脑损伤导致的弗雷格利综合征，从情绪上来说，她还有神经功能紊乱的情况，从精神病的角度来说，她还有并发的分离性漫游症，但是从内在的角度来说，她一定还存在着心理上的某种阴影，才导致了她的这种表现。

可以说，馨馨这个患者是一个把大脑、神经、精神和心理区分开来的典型案例，她这个病例若被治好，无论是脑科学家、神经科学家、精神病学家还是心理学家，都可能会从中受益。

但是，我尝试了几次，馨馨的母亲都不肯说出馨馨曾经的遭遇。最后，当我说如果馨馨的情况继续恶化下去甚至会死亡后，馨馨母亲才含泪说出了馨馨的遭遇。

原来，馨馨的父亲心理有问题，他失业后在家里混日子，经常趁着馨馨母亲不在家的时候在家里虐待和凌辱馨馨，逼迫馨馨称他为主人，而他则把馨馨当成丫鬟，经常对她拳打脚踢，这会在馨馨身上留下许多伤疤。馨馨现在的症状，从心理根源上来说都是她的那个禽兽父亲一手造成的。虽然馨馨母亲后来和他离了婚，但是馨馨心理上留下的创伤却随着时间的推移越来越严重，直到变成现在的模样。

那一刻，我终于明白了为什么馨馨母亲宁可把女儿藏在家里多年也不肯带她来看医生。因为对她来说，这一段往事是绝对不能在外人面前提起的耻辱。

如今的社会，法律再怎么惩治，家暴现象依然存在。很多子女根本不敢反抗自己的父母，很多事只能逆来顺受。而在那样的恶劣环境下成长起来的子女，不仅是身体千疮百孔，就是性格上也容易存在严重的缺陷，他们不但难以在社会上自立，甚至还有可能成为精神疾病患者。不论是馨馨还是她的母亲，都是馨馨父亲的暴行的受害者。

家长有权监护和管教孩子，可是，谁来监护和管教家长呢？

就像某个精神病人说过的那样，“自指”的问题都是矛盾的，注定都将走向悖论与无解。

十二、活在你的梦中

俗话说，日有所思，夜有所梦，人在梦中的场景许多都来自日常生活中的所见所闻。

只不过在梦中，日常生活中的很多素材都被扭曲或者碎片化了。梦中的事物往往不符合逻辑，甚至不符合经验，会有各种匪夷所思、天方夜谭的故事情节出现。

我曾经读过不少脑科学方面解释做梦的书，但是，真正让我对做梦有进一步体会的，却是和那个人的对话。

她当时是这么说的："你知道吗？做梦是人另一种认识这个世界的方式。"

我："另一种……认识世界的方式？"

她："是啊。在现实世界中，你了解这个世界是从客观角度来认识的，但是在梦中，你是以主观视角来看这个世界的。"

我笑了："日常生活中是以客观视角看这个世界？不应该也是主观吗？"

她："你没有听懂我的意思。我举个例子吧，日常生活中，我告诉你一个故事，比如说，一个小女孩被一只狗给咬了，或者你看到了一个小女孩被一只狗给咬了。这个时候，你是站在旁观者的角度，你就像是上帝一样，看到了这一幕或者在脑海里构思了这一幕，但是不管怎么样，你都是置身事外的。其实不管是小女孩也好，还是狗也好，都是你大脑制造出来的画面，而不是你用手触摸到的那个本体。但是在梦中却不一样了，你在梦中已经制造出了一个化身，你和小女孩还有咬人的小狗，无论如何都是在一个环境里，都是你思想的创造物。"

我："哦，原来是这个意思。"

她："现在明白了吧？西方不是有三位一体的说法吗？认为圣父、圣灵和圣子其实是一体的，如果用做梦来比喻的话，就很容易理解了。你梦到自己被一只狗咬了，但其实被咬的是你梦中的那个化身，而不是你现实世界里的真实身体。但是梦中的化身和现实世界里你的身体却共享了'疼痛'和'恐惧'这种感受，梦中的你和现实世界里的你就是一种'二位一体'的状态。"

我："这个想法真的很新颖。"

她："是吧？很有趣是不是？而且，我现在还知道做梦是另外的一种思考方式。"

我："另一种思考方式？"

她："举个例子，一个苹果是由很多属性组成的一个集合，比如说，组成苹果的元素有红色、圆、重量、气味、温度、湿度、光滑度、柔软度等。但是在梦中，你只能感受到外在世界的一种属性，比如说，有个人晚上做梦，梦见了火灾，当他醒来之后才发现是床边的暖炉还开着，这就是把‘火灾’和‘暖炉’这两件事物中共同存在的‘温暖’这个属性给剥离出来了。”

我：“嗯，这种情况我也有。有一次我晚上睡觉的时候，窗户没关好，晚上外面冷风飕飕地吹进来，我就梦到了大雪山。哈哈。”

她：“是啊。现在有感觉了吧？其实啊，我们现实世界中的每一个物体都是有多重属性的。就像一个篮子，里面装着香蕉、苹果、桃子、梨、菠萝等各种水果，在清醒的时候，我们是把这些属性一箩筐全都纳入认知范围里，看到的是一个整体。但是在梦中，我们能够感觉到的外部事物只是它们的某一个属性。比如你梦中是孙悟空，被压在了五行山下，但是你清醒的时候发现自己是被棉被给压住了，其实现实世界的你和梦中的你感受到的都是‘压迫’这种共同属性。压住你的到底是五行山还是棉被，其实并不重要。”

我：“的确可以这么说。”

她：“所以，这个世界上，事物其实没有什么实体，真正存在的是各种属性，属性的堆积就形成一个整体的物体了。我们有时候会问，一个事物的本体是什么或者一个物体的本质是什么，但是这种问法本身就是错误的，我们直接问这个物体的各种属性就能知道它的本体了，没必要再去追求更深层次的本体。”

我：“你这个想法很有哲学的意味。”

她：“哈哈，你能赞同我很高兴。我说的这些都是我对于梦的真实理解，可是，最近真正让我觉得有些困扰的事并不是这个。”

我：“那是什么事让你感到困扰呢？”

她："我最近一直梦到一个人。"

我："你认识的人？"

她："不认识，完全不认识的一个人，这让我觉得很奇怪，因为我对那个人完全没有印象。"

我："男的女的？"

她："是个女人，穿黑色洋裙的，打着一把伞，下巴很尖，看起来有点像外国人，我怎么都不记得我有见过她。"

我："每天都会梦到吗？"

她："是啊，基本上每天都能梦到。她的眼睛很大，大得不可思议，就像是芭比娃娃，鼻梁很高，嘴唇很薄，唇珠抿得很紧，好像在刻意地闭住嘴巴似的……而且她的皮肤很白，白得不像是中国人，很像是欧洲人。每次梦到她，她就站在某个地方，打着伞，静静地看着我，也不知道是什么意思。但是，这不是最可怕的。"

我："还有什么可怕的地方吗？"

她："我问了我的家人还有几个亲戚，他们都梦到了跟我一样的女人，有四五个人都梦到了，甚至连细节都差不多。"

我："持续很久了吧？"

她："都已经一个多月了吧。我想，根据梦中的物体和现实世界中的物体有着共同属性的原则，我会梦到这个女人一定意味着现实世界里有这样一个对应的存在。可是，我却怎么也想不通。"

她说的话有些玄乎，我不知道到底是真的还是假的。但是如果是真的，那么，若不是一种巧合，就的确有可能在暗示着什么。可是，我不是解梦师，我当然不可能明白她到底遭遇了什么，我能够做的，最多就是给她配点帮助睡眠的药物，提高她的睡眠质量。

在她离开后差不多过了20天，我才从别人的嘴里听说了关于她的事。

在离开医院后的第二周，她家族里的人有四个被检查出了肝癌。

得知这个消息后我非常震惊，震惊到根本不知道该说什么才好。

在阿尔巴尼亚地区的神话传说中，有一个叫库库丝的女恶魔，她会给人带来瘟疫、疾病以及不幸。

在那件事后，我常常会想：难道，这世上真有“恶魔”吗？

十三、蓝脸人

精神分裂症有很多种症状，其中包括狂躁、偏执、抑郁、焦虑、恐惧、幻觉、胡言乱语等，此外，有些精神分裂症患者还会出现失明、失聪等情况。

但是，这个患者的症状我却是第一次见到。

他的情况和其他因为精神分裂症导致的失明或者色弱都不一样。

因为精神分裂症，他反而看到了另外一个世界。

从进入门诊室开始，他就不停地揉眼睛，好像眼睛里进了沙子。

等到他在我的面前坐下后，我按照正规的程序问他的症状，他老老实实地对我说：“医生，我感觉我的眼睛出问题了。”

我忍不住笑道：“你去眼科做过检查吗？如果是眼睛有问题，那你不应该来我们这边。”

他：“去过了，我去过了，去了眼科好几趟了，也配了很多药，但是都没有什么用啊。后来眼科医生说，我这可能是神经性问题，又让我去神经科医生那里，我做了检查，但是神经科医生也说我没有毛病，然后我又赶来了精神科。真的跑了好几个地儿了。”

我：“你先说说你的问题吧，是怎么个情况？”

他：“情况就是，有时候我看到的东西颜色会变得不一样。”

我：“颜色不一样？”

他连连点头：“打个比方吧，我本来好端端地在街上走着，突然间我发现整个世界都变暗了，就好像突然走进了电影院播放厅似的。”

我：“只是变暗吗？有没有其他情况？”

他：“还有就是周围东西的颜色都从彩色变成了黑白，就像黑白照片的那种感觉。但是也不完全是黑白照片，还有点蓝蓝的感觉。”

我想了想，问道：“现在还是这样吗？今天有没有出现这种情况？”

他摇了摇头，说道：“现在还是这样。今天倒没有碰到过这种情况，不过昨天有过两次。”

我：“是什么时候开始出现这种情况的？”

他：“其实很久了，都快3年了。一开始情况还没有现在这么严重，只是有的时候眨眼睛后会突然变成这样，但是大概是从今年3月开始，这种情况就变得严重了。有时候，我走到一个地方，眼前就会突然黑下来，一黑就是好几分钟。虽然黑，但还是能看到人。”

我：“最长的时候，这种情况会持续多久呢？”

他：“最长的几次大概会持续一个多小时吧。那时候，我只好闭上眼睛躺在床上，休息一会儿才会好。”

我拿了他的一些检查报告看了看，确定他的大脑检测正常之后，问道："嗯……那你最近生活上的压力大吗？有没有什么心事？"

他："说来奇怪，我没有什么心事啊。我的工作虽然说不上顺心，但是也还可以，没那么紧张，但是这种情况就是一直有。你想想，我都3年了，也不可能天天情绪紧张吧？"

他的回答让我感到有些匪夷所思，我继续问道："那么，你碰到这种其他物体颜色变成黑白的情况一般是在什么时候呢？你自己觉得有没有什么规律可循？"

他："要说规律的话其实也有，我总觉得这件事挺诡异的。"

我："诡异？"

他连连点头，然后放低了声音，说："对，每次我出现这种情况都是在人多的时候。而且，往往都是有人向我靠近的时候。"

我："有人向你靠近，那是什么意思？"

他："比如说，你在隧道口走路，然后黑漆漆的隧道里突然走出来一个女人，本来她的表情是正常的，脸部的颜色也是正常的，但是当她走到你面前的时候，她的脸却突然变成蓝色了，就是整张脸突然间变得又黑又蓝，像太阳黑子，而且脑袋的外层还带点白莹莹的光，很是吓人。而且更吓人的是，她的眼珠子也不再是黑色，而是变成白色，亮晶晶的那种白色，就像是车灯，亮得吓人。那时候，我根本连看都不敢看。"

我忍不住又笑了："你是在讲鬼故事吧？"

他变得焦虑起来："是真的！真的脸就变色了。而且，我还发现，不是每个人都变，只有特定的人才会变。"

我："不是每个人都变？"

他："对，只有一些向我走来或者突然从黑漆漆的地方走出来的人才会突然变色，真的是太吓人了。有时候我走在街道上，会看到人群里有些人的脸变色了，有些人的脸却是正常的。那时候，我吓得根本连气都不敢大喘。”

我：“那像我呢？我的脸正常吗？”

他：“要是你的脸不正常的话，我早就不敢跟你说话了。”

我：“不就是脸变色吗，有什么不敢说话的？”

他：“我是真的怕啊。你想想看，你的前面坐着一个外星人一样的蓝脸人，他说话的时候、笑起来的时候，一双灯泡似的眼睛直直地盯着你看，你还有心思开口吗？要是一般人早就跑了。”

我：“大多数时候都是人脸吗？”

他：“对，就是人脸。”

我：“其实我觉得可能是你太疲劳了，如果不严重的话，可以慢慢适应。蓝脸的人也没什么，就跟电影《阿凡达》里的人似的，你可以慢慢调整适应。”

他：“你在开玩笑吧？你知道那有多吓人吗？打个比方，你玩QQ的时候有人发了一张照片，你拿鼠标在图片旁点两下，照片里的人就会变成那种半人半鬼的蓝颜色，吓死人了。”

我：“那叫反色。你这么说，我倒是明白了。”

他：“对，对，反色，就是人脸会反色，你想想吓不吓人？一张惨白的人脸，在走到你面前的时候突然变成蓝色，你是什么感觉？”

我：“确实蛮吓人的，哈哈。”

他用一种怀疑的眼神看着我，看到他的眼神，我顿时觉得不太自在，于是我说道：“这样吧，我建议你去配点药，回去吃吃看，要是不好再来找我。你这种情况，还是属于神经太紧张、生活压力太大。”

他的表情看起来不太满意，但是最后还是听从了我的意见。

他拿着药单下楼去取药，上来回诊时是我给他开的门，可是就在我开门的一瞬间，他却呆呆地看着我，然后整个人都惊恐地愣在了原地。

那一刻，他的表情真的是彻底变了，因为恐惧，他的法令纹向外扩大，而一双眼睛更是睁大到了极致。

“你……”他怔怔地看着我，然后像是见了鬼一般，甚至不等我开口询问，就死死地捂住嘴，转过身去，头也不回地走了。

看着他快步走远的身影，我下意识地伸出手，摸了摸脸颊。

我突然想起了一句网上流行的笑话，专门用来形容人很倒霉：难道我的脸很黑吗？

十四、五十六种性别

在过去，关于两性问题我的概念一直都是比较笼统和模糊的。虽然我有一定的两性方面的生物学和生理学知识，甚至也知道一些基因层面对两性的区分，但是，直到最近一次和都教授对话后，我才深深地意识到，利用两性的区分来对人群进行划分的的确确是一种极其草率甚至是错误的方式。

我和都教授的这次谈话，是在一个初夏的夜晚。和之前几次一样，这次我和都教授的聊天氛围依然比较融洽。

在聊天时，都教授和我谈起了关于两性的话题。

都教授："你知道，人类的性别是由什么决定的吗？"

我："哈哈，这个算是初中的知识了，决定人类性别的不是染色体嘛。就算问我的侄子，他也知道，男性有XY染色体，女性有XX染色体。"

都教授："可是，事实上你的这个观点很可能是错的。"

我："错的？"

都教授："是的，其实，人类在极少数时候，会出现就算某个人染色体核型为46，XY，身体检查也完全是正常女性的情况，而染色体核型为46，XX的人也会有身体检查是正常男性的例子。这样一来，染色体决定性别的学说就不能解释这一特殊现象了。所以，最近几年，有人提出了基因决定性别理论。这个理论的倡导者是瓦赫特尔，他的同事和团队经研究提出，在人类Y染色体的短臂上存在一种H-Y抗原基因。这种基因的产物是一种疏水蛋白质，叫作H-Y抗原，在胚胎发育过程中，H-Y抗原对性腺具有定向作用，有H-Y抗原存在的话，就有睾丸的发育，没有H-Y抗原存在，生殖嵴就会自然地发育成卵巢，再进一步发育出女性的内外生殖器。有些人有XY染色体，身体检查却是女性，是因为她的Y染色体上没有睾丸决定因子——TDF基因。如果这种观点是正确的，那么传统的染色体决定性别的理论就需要修改了，甚至会被推翻。"

我："这我还真的不知道，看来我毕业之后很多知识都还给老师了。不过，既然这样，那么XX染色体和XY染色体的差别还有什么意义呢？"

都教授："事实上，女性虽然有两条X染色体，但是在发育过程中其中一条X染色体会浓缩起来，变成没有表达能力的'巴氏小体'。所以，虽然X染色体比Y染色体要长很多，但是，女性的第二条X染色体很多基因性状都不表达，而变成了蜷缩起来的巴氏小体，因此，如果依照这个理论，拥有Y染色体的男性反而可能比拥有X染色体的女性生理性状更多。"

都教授的话让我大开眼界，我不禁感慨道：“每次跟您谈话总是让我受益匪浅，开阔眼界。”

都教授：“我也只是看得多罢了。根据瓦赫特尔学派的理论，决定性别的是染色体上的H-Y抗原基因，那么传统的男女性别划分理论就失效了。但是事实上，从这件事上推广开去也反映了一个问题。”

我：“什么问题？”

都教授：“那就是，传统对性别划分的理论可能大错特错，甚至可能我们对人类群体的划分方式本身也是草率而粗略的，有可能是完全错误的。”

我：“那依你的看法，有什么划分的标准呢？”

都教授笑道：“其实现实世界里就有一个例子，在国外的社交网站Facebook上，用户的性别选项有五十六种，除了传统的男女之外，还有五十多种新的非传统性别可选。传统上，性别区分只有男和女两种，剩下的那些都被算作少数或者异类。这种分类方法是从动物的‘性’的层面来考虑的，对于大多数的动物来说，的确只需要考虑雌雄就行了。但是人类是社会性动物，所以，人类的‘性’需要划分得更加细致。”

我：“那这些更多的性别的划分标准又是什么呢？”

都教授：“主要是心理，当然也有以生理性别作为特征的。比如说两性人、男变女、女变男，或者流性人，又或者是男女都不是的无性人。”

我：“真是大开眼界了，哈哈，还有无性人？”

都教授：“简单来说，就是既没有卵巢也没有睾丸的人。当然，除此之外，从病理学角度来说，还有像睾丸女性化综合征这种虽然染色体上是XY，而且有睾丸存在，但是体形和外生殖器的表现为女性的情况。比如《午夜凶铃》的主角贞子其实是个男性，但是因为他患有睾丸女性化综合征，所以他的外貌和器官都偏向于女性。甚至还有一种全世界都罕见的特殊疾病，那就是多余性器官的情况。世界上有些人天生长着两个性器官，这种情况叫真两性畸形，从染色体来说，是46，XX或46，XY，又或是两者的嵌合体。目前还没有比较科学的理论解释这个现象。有推断认为，这是在胎儿发育过程中，一个龙凤胎融合在了一起。这种真两性畸形的人，甚至有可能怀上自己的孩子。”

都教授的每一句话几乎都在颠覆我旧有的世界观，和他的每一次谈话，我都能够感觉到自己的见识短浅和他的思想之博远深邃。

我们的这次谈话虽然简短，但是都教授给我的启迪却是巨大的。

都教授说：“人类的划分方式太简陋了，简单地把人群分为男性和女性，这种粗糙的做法其实是背离了大自然的真实情况。当然，在实用性上的确更简便一些。但是我想如果有人工智能的话，人类的性别区分会变得更加详细和具体，甚至有一天，全世界的每一个个体，都会有不同的划分标准，而再难统一。”

不论如何，都教授的话让我对于性别的概念有了更加深层的认识，这一点我必须感谢他。至少当我下次再碰到性别恐惧症患者时，多了一条引导的思路。

另一方面，在日常生活中我的认知也产生了一点小小的变化。比如，当我再在街上看到一个和我认识的某个熟人长相很相似的美女时，我会不禁多想一下：她到底是个顺从自己生理特征的顺性女，还是一个有点叛逆、存在一些男性性格特征的跨性女，又或是一个可以在男女之间随意切换性格特征的流性人，抑或是一个拒绝接受传统性别二元化的非常规性别者呢？

至少，我不会再像以往那样笑话别人女汉子、伪娘、娘炮……了。

他们，也许只不过是和我性别殊异的另外一种性别人群而已。

十五、你没见过的颜色

他："我看到过一则新闻，说人类只有三种视锥细胞，却能够看到一个丰富多彩的世界，而皮皮虾有十六种视锥细胞，它们可以看到的世界比人类要丰富很多。"

我："这个新闻我也略有耳闻，我以前还跟别人谈起过这个话题呢。我记得是这么说的，其实'颜色'这个概念本来就是人类基于自身视觉细胞特征，将光谱中的可见光波段下意识划分的产物，本质上来说，光谱其实是连续的，只不过人脑具备将连续的光谱自动划分和命名的能力，这种能力是下意识的、与生俱来的，算是直觉的范畴，自己根本没有什么意识。"

他："对的，我的想法跟你一样，看来我们思想重合的地方很多。不过话说回来，你认为我们的这个世界是可知的还是不可知的？"

我："这个很难说吧。我以前跟一个朋友谈过这个，他打了个比方，说这个世界就像是一块巨大的钟表，我们能够看到表盘上的指针、刻度之类的东西，但是对于手表的内部结构，比如里面的机芯等各种零件是没法知道的，我觉得他说的是有一定的道理的。”

他：“这个比喻很好，你那个朋友一定很有智慧。”

我：“我算是半个不可知论者吧。我觉得这个世界也许是可以认知的，但是我们脑海里认知的世界和真实的世界只是一种相似，或者说是一种比喻的关系，而不是真实世界的原貌。”

他：“不过，其实有些事情却不是这个世界本身能不能洞察的问题，而是人类的能力限制了自己感知世界的方式的问题。就算这个世界是可以洞悉的，但是我们人脑的结构不一定支持我们去洞悉这个世界。”

我：“这个我也跟别人提到过。我认识一个人，她说人脑的结构自身就限制了我们对这个世界的认识。她还提出了一种双头人有立体思维的说法。”

他：“那你的这个朋友很有意思。不过，她有提到‘体会到’和‘知道’之间的区别吗？”

我：“体会到和知道？这个她没有提。”

他：“这就是了。其实我们的所有知识都是建构在感觉的基础上。举个例子，不考虑计算机领域，为什么现代社会绝大多数人都是用十进制呢？这是因为我们人类都是有10个手指、一双手。在古代非洲的一些部落，他们只能够数到10，甚至不超过5，所以他们对数字的认识也不超过10。这是我们人类的结构限制了自己的认知。”

我：“不是还有两只脚吗？”

他笑了：“所以一些地方也能数到20，但是再往前就不行了。其实吧，我们人类小时候对于数字的记忆是根据图像得来的。我研究过小孩子，他们最容易记的就是2和5，在小孩子学习阿拉伯数字之前，一提到5，他们想到的就是自己的手掌，一提到2，他们就会想到剪刀，如果是先天残疾，比如说只有4根手指的孩子，对于5这个数字的敏感性就会下降。也就是说，我们人类对数学的了解是以图形几何作为基础的，提到5，我们脑海里浮现出的是一片珊瑚一样的图形，代表的是手掌，提到2的时候，我们脑海里浮现出的是一把剪刀或者是剪刀手。直到我们成年了，才会慢慢抛弃用手指来比喻数字的习惯。但是一些老年人，他们大脑功能退化了，提起数字5或者10还是会用手。这就是所谓的‘数字感’。”

我：“这个说法倒是蛮启发人的。”

他：“就是这样的。手指和数字只是打个比方，我想说的是，我们的生理结构本身会影响我们对于这个世界的认知。听说过黑白玛丽的故事吗？”

我：“没有。”

他笑了：“故事是这样的。有一个叫玛丽的小女孩，她是个天才，不论数学、物理还是化学和其他学科，她都一学就会。而她从小生活在一个封闭的屋子里，接触到的所有物体只有黑和白两种颜色，包括她看的教科书里的图片，都只有黑白两种颜色。

“只不过，玛丽学习了各种关于红色的知识，她知道红色的光谱结构，知道红色的波长，知道哪些物质是红色的，不管谁问她关于红色的知识，她都能够立刻背出来。但是，玛丽这种对红色的认知是真正的知识吗？”

我：“嗯……”

一时间，我不知道该怎么回答。

他笑着说：“很难回答是吧？那么，假如有一天，生活在黑白屋里的玛丽突然发现房间的门开了，她走出了黑白屋，这个时候，有个人拿着一朵鲜艳的红玫瑰走到玛丽的面前，献给了她。玛丽看到红玫瑰，下意识地叫出了‘红色’这个词。你觉得，玛丽在看到红玫瑰之前对红色的了解和她看到红玫瑰之后对红色这个概念的了解，哪一种才是真正的‘知识’呢？”

我想了想，最后说道：“我觉得后者才是真正获得了知识。之前玛丽虽然了解各种关于红色的知识和信息，但是那并不是真正的知识。”

他：“所以，其实你也赞同只有被人脑感受器接收过的知识才算是知识，是吧？就像看到了红玫瑰才能知道红色。所以从这个角度来说，我们现在的物理学能够算真正的知识吗？比如说原子核、中子、质子以及各种基本粒子，我们真的看到过吗？我们根本没有看到过、感受到过这种知识，都是间接了解的，所以，它们能算作知识吗？”

我：“这个就涉及对知识的定义了，说起来很复杂。”

他：“对。所以，我现在是个不可知论者。因为，我们对知识的定义本身就是非常肤浅幼稚的，甚至是完全错误的。我们的大脑就像是一间黑白屋，我们的思想就是住在这间黑白屋里的玛丽，如果我们一天不打开门，走出这间黑白屋，我们就一天无法看到真实世界的红玫瑰。”

他的话让我无限感慨。

是啊，我们有时候自认为了解这个世界，可是，我们真的有那么了解吗？有时你用X光和红外线看这个世界是完全不同的画面，更别说，当你能够看到更为微观的世界的时候了。

至少，著名的哲学家康德认为，形成任何数字的概念始终需要一个综合统一的行动，这个综合的行动就体现在计数这样的活动之中。就像小孩子学习计数总是要从“数”开始，无论是数手指头还是其他，否则你不可能告诉他5加7等于12。

没有感受的支持，就没有真正的支持，而亲自感受到的世界和我们自以为知道的世界，终究是不一样的。我们现在知道的真理，仅仅是听到的真理，可是，距离触摸到真正的真理红玫瑰还有多远呢？

十六、混沌的思维

我听说过锻炼肌肉的人，也听说过强健骨骼的人，但是从来没有听说过“修炼大脑”的人。

可是，真的就有这么一个人，他居然热衷于修炼自己的大脑，而且不是那种靠冥想或者做练习题的方式进行的修炼。他的方式极其特殊，特殊到我都很难理解。

他是个普通的机修工，他修炼自己大脑的方式是玩电脑上的弹珠游戏。整天就盯着电脑上弹珠游戏里的几个弹珠随机地在页面里互相碰撞，走出各种各样复杂的路线。有时候，他甚至因为这种行为而头痛欲裂，最后不得不靠吃药维持。可是尽管如此，他也没有停下来。

因为实在是头痛难忍，他来到了医院，想要拿药吃。这也是我们见面的契机。

我：“你说你的头痛是怎么造成的？”

他："炼的。"

我："炼的？什么意思？能说详细一点吗？"

他："就是修炼大脑啊。"

我当时就震惊了："修炼大脑？你的意思是用脑过度？"

他："嗯，差不多吧。我想把我的大脑修炼成和普通人完全不一样。"

我："你到底是怎么修炼的？"

他："就是看一些混沌的东西。"

我："混沌的东西？"

他："对。比如说去看看电脑上的弹珠游戏，那些弹珠会互相碰撞，然后改变轨迹和路线是吧，我就是跟着其中几个弹珠走，然后预测那些弹珠的路线，使劲地训练。除此之外，我有时候也看股票走势，股市也是个混沌系统，一点小小的干扰就可以改变整个股市的走向，几乎没人能够预测股市一个小时后会如何。"

我："你怎么就觉得这样做能够锻炼大脑？这样只会损害你的大脑！"

他："用脑过度才会损害大脑，只要适当是没有关系的。你作为精神科医生，应该知道脑科学方面的知识，知道人的神经元的突触有可塑性，神经元的连接方式是可以随着你的记忆和思维方式不同而改变的。神经元可塑性是科学家新发现的现象，就是一个人的经历是可以改变一个人的神经连接的。像大脑里的神经元细胞、神经胶质细胞虽然是互相连接的，但是通过加强或削弱这些连接，大脑的结构可以发生改变。所以，我才要用修炼的方式改变大脑结构啊。只要我不断地训练，我的大脑结构就可以被改变。"

我："这些东西你都是从哪里了解的？"

他："一些脑科学方面的文献和书上都有，只要我相信就行了。"

我："好吧。但是我建议呢，这些书你不要乱看，因为这些都是专业性很强的书籍，你就算看了，也只能够粗浅地了解个大概，不能深入了解，最后只会导致你误入歧途。"

他："什么误入歧途。我觉得就是真理，因为我就是有那样的体验啊。一个人的经验，本来就可以改变他的思想和神经。你要是听说自己的亲人得了重病，你难道不会精神紧张，不会整天想着死亡？这些都是人的经历改变大脑的例子啊。"

我："好吧。那么，你想要修炼你的大脑到什么水平呢？像超人那样，得到超能力吗？"

他："超能力？我又不是小孩子，那种事我从来都没有想过，才不会想那种异想天开的事。我只是想把我的大脑修炼出一种动态思维来。"

我："动态思维？那又是什么？"

他："没听说过吧？动态思维这个词是我自己发明出来的，是我设想出的一种大脑前所未有的境界。"

我："听起来好像很深奥。"

他："对，对一般人来说肯定很深奥，但是如果你了解了，就会觉得我说的很有道理。"

我："那这种动态思维具体是怎样的思维呢？"

他："慢慢来嘛，这个得由浅入深地说。你知道辩证法吧？"

我："辩证法？就是高中哲学的那一套？"

他："对，就是哲学里的东西。辩证法嘛，简单来说就是一分为二地看问题。比如说，看一个人的时候，我们既要看到他好的一面，也要看到他坏的一面，这些算是一种辩证法的思想。”

我：“嗯，简单来说就是一分为二地看问题。这样很好啊。”

他：“可是其实这里有个问题，那就是人类天生就有一种思维定式，你发现了吗？人类天生习惯于去一分为二地看问题，用二分法去看这个世界。比如长和短、丑和美、善和恶……每个人都习惯性地用一种二分的思维在看待世间万物，这就是一个巨大的局限性。这种一分为二看世界的方法，我把它叫作‘二分思维’，这其实是一种很原始、很低级的思维方式。”

我：“可是这种二分思维方式不是理所应当的吗？难道除此之外，还有别的思维方式不成？”

他：“当然有啊。我给你举个例子吧，人类的数学家做数学题的时候是用什么方法呢？假设我给你一道物理题，计算一辆汽车撞到一个人之后，这个人会飞出去多远。这个时候你会一步一步分步骤地去计算吧？比如说，一般人会先计算汽车的质量，然后计算速度、空气阻力，再计算动能和惯性，最后得出一个人飞出去多远的数值，对吧？”

我：“对，很对。所以这有什么问题吗？”

他：“问题很大！一般这种一步一步、一个变量一个变量解开计算的做法的确足够了，但是事实上，这种算法会局限人类的思维。”

我：“为什么呢？”

他：“举例来说，当你计算出汽车的质量的时候，可能汽车的速度已经改变了，而当你去计算汽车的速度的时候，周围的空气阻力又已经改变了，然后当你计算空气阻力的时候，汽车的动能可能又改变了。其实，整个世界是像果冻一样胶着在一起的，而不是每个变量独自分开。动能和速度有关，和时间、质量、阻力有关，速度也和时间、质量以及各种因素有关，而时间又和质量有关……当你停下来计算一个物理量的时候，其他的物理量每时每刻都在变动着。当你计算汽车质量的时候，其他因素如动能、阻力等因素正在影响汽车的质量，等你算出来就已经是一个错误的质量了，不再精确了，你再用错误的汽车质量去计算之后的空气阻力、动能等，结果更是会天差地别。”

我：“这么说……的确是。但是在理想情况下，还是可以计算的吧？”

他：“那只是在理想情况下，只是在黑字白纸的教科书练习题里才可以，但是一拿到现实世界那就不行了。因为现实世界的各个变量每时每刻都在变化，而且互相影响，你根本就没法算！你算了这个就漏了那个，算了那个又漏了第三个……就像是一个捡了芝麻丢了西瓜，捡了西瓜又丢了芝麻的人，怎么也捡不完。”

我：“我有点明白你的意思了。你的意思是，真实的世界都是胶着在一起的，不能分开来算，是吗？”

他：“对。整个世界都是一个胶着着的整体，牵一发而动全身，是非常混沌的，你怎么能够一分为二地来看呢？越是分得清楚，你越是看不清整个世界的真实面貌。你必须要有一种动态的思维，能够跟着世界各种量的变动而变动的一种动态思维才行。当你计算质量的时候，必须同时计算其他因素，比如说空气阻力、时间、汽车硬度、惯性、摩擦力等，然后那些量再变动反过来影响质量的时候，你又要花费新的资源来计算它们牵动的量了……这个过程会越来越消耗你的脑力，但是你想要接近真实的世界，就必须用这种动态的思维，否则是跟不上这个世界的步伐的！你永远只能活在纸和笔构造出来的静态世界里，和真实世界脱节！”

我："你的那种弹珠游戏就能够培养自己的动态思维吗？"

他："对，我已经有一定成果了。一开始的时候，我只能够盯着1个弹珠运动，但是现在我已经可以同时盯着10个弹珠运动，看到它们之间的互相碰撞，甚至预计它们的碰撞结果了。"

我："可是，就算你能够培养出那种思维，又有什么用呢？"

他："那用处可多了，比如说买股票、投资。股票市场就是一个最复杂而敏感的混沌系统，如果你能够培养出动态思维，那么你将有赚不完的钱。"

我终于完全理解了他的思想。可以说，他醉心于追求最真实的世界、最真实的事物的变动，这种类似于强迫症般的心理状态导致他的大脑承受了巨大的负荷。他想要获得能够与万物共进的动态思维，可是，他就像是一个捡了芝麻丢了西瓜的人，不管怎么捡、怎么把双手捂得严实，却还是有漏走的西瓜。

他活在了一个自寻烦恼的循环里，可是这个循环对他来说诱惑力又是那么大，他……根本就不愿意走出来。

最后，我只是给了他一些缓解大脑疲劳的药。他根本没有生理性的疾病，我能够为他做的也极其有限。

有时候，我会想到希尔伯特的一句名言："有时候一个人的视野圈变得越来越小，当半径接近零的时候它集中在一点。然后那个东西变成了他的观点。"

没错，也许我们这些落后的"静态人"想要得出一个观点，也只能放弃那通往无限的动态思维了。

尽管，在无限尽头的那个真实世界是那么吸引人。

十七、声之音

第一次就诊时，他被诊断出患有恐惧症，对于某些特定的现象他会产生极其恐慌和焦虑的心理。之后，医生给他配了马来酸氟伏沙明片等用来缓解恐惧症紧张情绪的西药。但是在一段时间后，他再次来到了医院里，而且他说自己的情况还加剧了，只不过，和之前不同的是，这次他来的是我的门诊室。

他一边把药单给我，一边说道："医生，我觉得上次给我配的药配错了，我吃了根本就没有什么用。"

我看了药单之后，说道："上次给你诊治的人不是我，你先把你的情况说给我听听吧。"

他指了指他的耳朵，说："其实，我觉得我没有什么毛病，我是真的听到了一些东西，根本不是病。之前那个医生在给我乱诊治。"

我："没事，你先说来听听。"

他："好吧……其实，情况是这样的。有的时候，我总是能够听到一些奇怪的声音。"

我："什么样的怪声？"

他："就是和周围环境格格不入的奇怪声音。最开始出现这样的情况大概是在半年前了，那个时候我在家里听音乐，在电脑上打开了音乐播放软件，让它自己播放歌曲，然后我就那么听着。一开始吧一切都是正常的，但是听着听着，事情就开始变得不对劲了。"

说到这里，他突然有些说不下去了，表情难看，就好像想到了什么恐怖的事情似的，整张脸都扭曲起来。

我："你到底听到了什么？"

他："我听到音乐播放器的声音卡了。本来吧，我的播放器里的音乐是单曲循环的，而且之前都好好的，但是到了某一次循环的时候，里面的声音却突然卡了。"

我："突然卡了，这不是很正常吗？有的时候系统内存或者声卡驱动器之类出了问题就会导致这样吧？"

他："我知道，可是我的情况却很不一样，肯定不是声卡驱动器什么的问题。"

我："为什么呢？"

他："因为声音不仅仅卡了，而且变了。本来我听的是一个女歌星唱的歌，但是声音卡了之后，那个女歌星的声音却突然变得很古怪，就像是变成了一个老太婆，不停地卡在那里，不停地重复'啊、啊、啊、啊'这样的歌词，就好像是被人折磨后发出的呻吟声，实在是瘆人。"

我："这也是声卡卡了的一种情况吧？"

他：“可是根本不像啊。声卡卡了的情况我又不是没有碰到过，那种情况真的不像是声卡卡了。你想想看，你正在听一个女歌手的歌，本来她的声音是清亮圆润的，非常动听，突然间她的声音卡住了，然后开始变成一种老太婆被人掐住咽喉窒息一样的声音，那声音还不断地重复，吓不吓人？”

我：“我给你个建议，这种事你去修一下电脑就行了，真不行就换一台。”

他：“要是换了电脑这事就能解决的话，我还会来这里吗？事情没那么简单！”

我：“那后来又发生什么了吗？”

他：“后来，就不单单是电脑里有奇怪的声音了。我发现，现实世界里到处都是这种奇怪的声音。”

我：“你说的那种老女人呻吟的声音？”

他：“不是，不单单是那种声音，各种各样的奇怪声音都有。有的时候，晚上我躺在床上，听着屋外车辆来来往往的噪声，然后奇怪的声音就会突然出现。本来只是普通的噪声，但是听着听着就变了味，变成了让人恐怖的声音。”

我：“都有哪些声音呢？”

他：“有些声音我说得出来，有些说不清楚。比较常见的是有人窃窃私语的声音，听起来好像是一群人围着在商量什么。还有的时候，听起来像是老树皮被人刮落的声音，特别刺耳，会让人起一身的鸡皮疙瘩，还有的时候就更加吓人了。”

我：“更加吓人？”

他：“对，就好像有人在喊我名字的声音，从很远很远的地方叫我的名字，要叫我出去干什么似的，那个声音就好像认识我一样。”

我：“那个叫你的声音是你认识的人的吗？”

他：“不是，绝对不是，我认识的人里哪有说话声音那么奇怪的。我跟你说，那声音根本就不像是正常人能够发出来的。那种感觉就好像是一块老树皮在嘎吱嘎吱摩擦，然后摩擦的声音慢慢变成了近似人的声音。”

我：“除此之外，你还能够听到哪些奇怪的声音呢？”

他：“奇怪的呼啸声，就好像是风在呼啸，但是感觉又不太一样，又好像是野兽在嘶吼似的，但是听着也不太像，说不太清楚。除此之外，有的时候还会有电子仪器发出的那种嘀嗒嘀嗒的声音，根本不像是自然界会有的声音。我真的快被这些声音给烦死了。”

我：“这样吧，你先做个脑部检查，看看有没有其他的因素存在。”

之后，我按照正规的程序给他做了大脑检查。但是检查的结果却显示他的大脑结构一切正常，并没有什么器质性病变，也就是说，他的这种情况不是因为大脑病变造成的。

那么，他的这种情况就显得非常奇怪了。如果他说的话都是真的，那么他听到的这种毫无来由的声音就很难解释得清。

回诊的时候，他有些紧张地对我说道：“医生，我在想，我听到的这些声音是不是就是大自然在跟我对话？”

我：“大自然跟你对话？”

他：“对啊。说不定我有某种别人没有的本事，可以听到大自然的声音，说不定还能跟大自然交流呢。”

我不禁乐了：“你觉得你还能和大自然交流？”

他：“只是个猜测嘛。大自然里有很多很多的噪声，很多人都认为这些噪声是杂乱无章的，没有什么意义。但是我觉得，这些噪声里很可能夹杂着某种特殊的信息，那是大自然在跟你倾诉着什么。近段时间来，我觉得那种声音变得越来越清晰了，以前我是听不清那个叫我的声音的，但是最近我觉得已经渐渐能够听清楚了。我总觉得，她好像有什么事要告诉我。”

我：“这么说，你还想试着去听清楚那声音到底是什么？”

他：“这个我倒不想，那声音太难听、太吓人了，我根本不敢听，听多了整个人都难受。”

我：“行了，这样吧，你再吃一些别的药试试看，如果实在不行，再想想其他的治疗方案。”

之后他就离开了医院，离开时他还特地要了我的电话号码。一直过了半个月后，他突然急急忙忙地给我打来了电话。

他：“医生，我听清楚了，我听清楚那个声音在跟我说什么了……”

老半天我才想起他是谁，回想起来后，我问道：“哦，是你啊，你是上次说听到声音的那位吧？你听到她跟你说了什么？”

他：“那个声音对我说……她说，让我快点醒来，我已经昏迷很多年了，再不醒来就来不及了……她还说，她就要消失了，如果我再不醒来，她就没有机会再来叫我了……”

我：“……”

从那之后，我就再也没有接到他的电话，他也没有再来找我。

但是他那最后一通电话却像是幽灵一般，时常环绕在我的耳边，并且在某个不眠的深夜，如同来自远方的呼喊声，让我辗转难眠。

十八、人体城市

妄想症是精神疾病最常见的情况，其中第一种为迫害妄想，也就是认为有人要欺凌或者杀害自己，从而每天变得提心吊胆。第二种是疾病妄想，也就是疑病症，患者会认为自己得了不治之症，最后变得焦虑、悲观，甚至是轻生。第三种是夸大妄想，这种症状下患者会抬高自己，甚至认为自己是上帝、伟人、有权有势的人物。第四种是恋爱妄想，相信这个世界上存在着某个爱自己的人，或者存在某个属于自己的完美情人，因此会对那个不存在或者对他毫无兴趣的对象朝思暮想，最终自寻烦恼。第五种则是罪恶妄想，也就是认为自己犯下了大错，最后变得茶饭不思、夜不能寐，最终身体日益消瘦，状况不断恶化。除此之外，精神病还常常带有幻视、幻听、幻味、幻触等症状。

来到我这里的人千奇百怪，可以说各种症状的人都有。但是他这种情况并不多见。

他："医生，我感觉我快不行了。"

我："坐下来，慢慢说，什么情况。"

他看上去非常焦虑："我就是觉得痒，全身都发痒，我快受不了了。"

我："如果是痒的话，你为什么不去皮肤科或者其他科？"

他："因为所有能做的检查我都做了啊，什么血液、尿液、粪便检查，生化全套，还有彩超、肠镜、膀胱镜、胃镜、CT、核磁共振都做了，但是都没有用。其他科室的医生让我去看精神科，我没有选择了。"

我："你就只是觉得痒吗？身上没有什么症状？"

他急得抓耳挠腮："一点都没有啊，什么皮疹、疱疹、痘痘之类的都没有，皮肤看上去真的很光滑，没有问题啊。"

我："这种情况有多久了？"

他："差不多1个月了吧。"

我："那你有没有什么过敏的东西？还有你最近生活有没有规律性，作息有没有什么问题？"

他："我有过敏的，比如说吃苹果和桃子就会过敏。但是过敏肯定不是这样的，身上会出现疙瘩，我的情况完全不是那样。而且我最近的作息也很规律，没有什么问题啊。"

我："那我就得问问你思想上的问题了，你是不是有某些与众不同的想法，导致了你出现这种情况？"

他："这个……倒是有的。而且，我越是那么想，就感觉自己身上越痒。"

我开始意识到他的问题所在了，于是我问道："你有什么样的想法，或者平时有什么习惯，都说出来吧。"

他："我觉得，人体不是我们能够看到的一个完整的身体，而是一个巨大的花园，里面种着各种植物，像是松树、榆树、柳树、山茶之类的东西，也有各种各样的动物和昆虫，如蟋蟀、知了、蚱蜢。所以，有空的时候我会观察我的身体，用放大镜盯着胳膊，我能看上一个小时。我连身体哪个地方有几根形状比较特别的汗毛、哪个地方有比较硬的白色小疙瘩都一清二楚。"

我："你这样观察你的身体，只是因为兴趣还是别的什么？"

他："算是兴趣吧。但是你难道不觉得这样很有意思吗？你活了一辈子，真正了解过你的身体吗？你知道你的屁股上其实会有白色的纹路吗？你知道你的指甲盖上的白色条纹吗？你知道你指甲缝里的污垢吗？你知道你手指上的褶皱里有几根毛吗？"

我："可是，就算知道又有什么意义呢？"

他："不是有没有用的问题。我只是觉得，一个人活在这个世界上，往多了说有上百年的寿命吧，但是你却从来没有一天静下心来好好地观察你的身体，你觉得你的身体理所当然就是这个样子，从而甚至完全忽视或者不了解它，难道你不觉得可惜吗？人们研究植物、研究动物、研究宇宙太空，但是对自己最熟悉的身体却几乎不会坐下来慢慢地观察每一寸，难道这不奇怪吗？你的身体可是你每天都在用的东西，可是你却这么不了解，这是为什么？"

我："所以，你觉得了解自己的身体是很重要的，所以你一直都在想办法观察你的身体，仔仔细细地观察每一寸？"

他："对啊。我觉得，有时候看看自己的身体，比去看外面的植物园、看那些花花世界有意思多了。人们喜欢数天上的星星，但是为什么就不数自己手臂上有几个毛孔呢？我一直都在思考这个问题。后来，我渐渐明白了其中的原因。”

我：“你明白了什么？”

他：“我想到了灵魂。我觉得，人的肉体和灵魂真的是分开的。”

我：“为什么会想到灵魂？”

他：“因为我们对身体其实没有我们想象的那么重视。我在想，我们的肉体只是一个营养仓、一个供养器，给灵魂提供营养的东西，就像衣服一样是可以换的，所以我们没有那么重视。你会很在意你每天都换的衣服吗？除非是特别名贵的，否则不会那么在意吧？你难道会经常在意你的衣服上沾了几个头皮屑、几粒粉末吗？”

我：“可是，我觉得就算是在乎自己的身体，也没有必要在乎到观察每一寸的地步。”

他：“如果你不在乎的话，那么你的肉体跟普通的衣服、裤子、手套的区别又在哪里？它们的地位就差不多了。”

我：“假设我们的身体的确没有那么重要，的确是跟衣服差不多，但那又怎么样呢？只要不影响我们的生活，不就行了吗？”

他一愣，然后说道：“可是这样难道不遗憾吗？你这辈子活了那么多年，连自己到底是什么东西都不了解，那么对你来说，‘自我’到底是什么？不是你的身体，那什么才是‘自我’？你有真正思考过肉体跟灵魂的关系吗？”

我摇了摇头：“我没有。不过看来你思考过，你可以说说你的想法？”

他：“灵魂那么复杂深奥，我也不可能全部弄懂啊。但是我觉得，灵魂的身份应该就是一个管理者，管理肉体里每一个成员的皇帝。你听说过‘智慧城市’这个概念吗？智慧城市是我们社会未来的发展方向，在智慧城市里，路灯、监控系统、汽车、桥梁，甚至无人售卖机、无人机、物流、电能全都由统一的城市中央系统来掌控，整个城市都像是一个活物一样。而我们的身体其实就是一座缩小的智能城市。你想想，我们身体里的白细胞不就是城管或者警察吗？我上网查过，我们的身体里有50万亿个细胞，但是微生物数量却是细胞的10倍，也就是500万亿个！而微生物的基因总和差不多是我们人体基因总和的200多倍！其中包括大肠杆菌、肺炎链球菌等，光是口腔里就差不多有6兆的细菌。人体对于各种病毒、细菌和微生物来说，就是一个广阔无比的世界，里面有大江大河、悬崖峭壁、沙漠丘陵、原始森林。所以，我们的身体就是一座花园，甚至是一座城市，微生物才是我们身体的本体，而我们的身体细胞其实只是灵魂用来管理这些微生物的工具罢了，就像是警察的警棍一样。”

我：“所以你平时观察自己的身体，也是在观察‘一座城市’？”

他：“是啊。我认识一些负责道路监控的朋友，他们最喜欢做的事，就是整天在监控室里看着我们城市里各大要道上来来往往的行人，看着这座城市每一个角落每天发生的事，像是老奶奶过马路、城管执法，甚至是打架犯罪，都逃不过他们的眼睛。但是你想想，其实我们的人体城市已经这么热闹了，还有必要去看外面那个广阔的世界吗？你每天看看你的身体，比看10部电影大片都要精彩得多。”

到此，我已经彻底明白他的身体会发痒的原因了。如果把身体比作城市的话，那么他对身体的观察就像是在人体城市中央监控系统里的监控员，看着这座城市角角落落所发生的一切。他对身体的频繁观察，就好比他在人体城市的各个角落都安装了监控器，监控器越多，他能够看到的各种打架斗殴的事件自然也就越多，细胞对抗入侵者，死皮的脱落、汗毛的抖动、汗腺的活动、肌肉的舒张……凡此种种皆是城市出现的异动，这些异动多了，他也会变得更加敏感。

这才是他浑身发痒的根本原因，因为他身上的监控器实在是太多了。

那么，怎么才能关掉这些监控器呢？

也许，没有任何办法。

因为关掉这些监控器付出的代价会更大。

他没有配药，也没有接受什么治疗，我唯一能够给他的建议，就是尽量别去关注自己的身体。但是这一点，我不知道他能不能做到。

事实上，我也很清楚，把他这座人体城市的监控器全部关掉的唯一办法，或许就是等到这座城市死去。

十九、我是个球

很多精神病患者的症状都是隐性的，即在外人看来，他们的诸多行为都和普通人没有什么差异，如果不与之交流，根本难以察觉。但是，也存在相当比例的患者，其行为上已经相当明显地显现出怪诞、诡异、超出常人的一面。

第一次见到他时，我就被他诡异的身体状态给深深吸引了。他躲在病房床边靠窗的角落里，整个人都蜷缩成了一团。和普通人蜷缩成团的状态不同的是，他的脑袋会深深地埋进自己双腿之间，两条小腿死死地夹紧他的头。

当时我看着他的诡异姿势足足有1分钟，最后忍不住好奇上前询问。

我："你这是在干什么？"

面对我的询问，他没有任何反应，依然努力尝试着让自己的脑袋努力贴向自己的屁股。一直到我询问第三次时，他嘴里才支吾出声，有了回应。

他：“不要吵我，我马上就要完成了。”

我：“完成什么？”

他：“变成最完美的样子。”

我：“什么最完美的样子？”

他没有回答，于是我就在一旁等了他将近10分钟。10分钟后，他才结束了自己那怪异的动作，然后平躺在地上大口喘气。等他稍稍恢复了力气之后，我才继续追问他。

我：“你这算是做完训练了？”

他：“训练？这不是训练。”

我：“那你这是什么？”

他：“我是在尝试，尝试变成最完美的样子，但是这跟训练是两回事。”

我：“为什么蜷缩起来就是完美的样子呢？”

他：“因为任何生命体都会有变成球形的本能啊，这是自然界的规律，是自然界的普世法则。我只是在感悟自然界的法则，用身体去感悟。”

我：“为什么变成球体就是自然界的法则了？”

他：“你看，宇宙中的星星不都是球状的吗？恒星是球状的，行星也是球状的。任何事物发展到了一定的程度，都会变成球体。”

我：“可是自然界之中不是球体的事物多了去了，为什么只有球体才是最完美的呢，人体也很美啊。”

他：“那人最开始的时候是什么样的？”

我："最开始的时候？人生下来就是有五官四肢……"

他："不，我是说还要早的时候。当还在娘胎里的时候，人体只是受精卵的时候，那不就是一个近乎球体的形状吗？"

我一时间有些卡壳了。想了想之后，我还是尝试着按照他的思路走下去。

我："你这么说也不是完全没有道理。但是如果说人一开始是受精卵的话，那么你变成球体就是变成最开始的样子，而不是变成最完美的样子才对。人类最开始的形态，不一定就是最完美的形态吧。"

他："不，不是，你不懂。生命体变成各种各样的形状都是被迫的，其实生命体自己并不想改变，只是想继续维持球状。"

我："除了观察宇宙天体，还有什么让你得出了这样的结论？"

他："很多啊，比如说树，树其实也是球状的。"

我："树？树怎么会是球状的呢？"

他："树由几个大块组成？无非是树根、树干和树冠吧。树根向地底下不断地延伸，最后向四面八方均匀地扩散，不就是一个伞盖状吗？树冠也是，树冠本质上就是树的分支不断地向天空的方向延伸出去，最后不也是一个伞盖状吗？在最理想的情况下，如果一棵树从出生开始，受到的阳光照射、风力影响、营养摄取是高度均匀的，那么这棵树的树根和树冠都会高度均匀地向着四面八方延伸，最后这棵树就会变成球形了。"

我："不是还有树干吗？"

他："树干对于树来说并不是必要的！树干的作用，一方面呢是为了把根部吸收来的营养输送到树叶和果实之中，另一方面，主要就是对植物起到支撑作用。但是植物为什么需要支撑呢，本质上来说，还是因为自然界会刮风、下雨，除此之外，植物之间还会因为土地空间问题进行竞争，所以植物必须让自己长得更高，才能获得更多的光照，久而久之，树干才会变得越来越长、越来越坚挺，但是从生命的本质来说，树干不是必要的。如果有一棵树，从一出生起就‘衣食无忧’，受到的光照均匀，受到的风力影响均匀，它就会变成仙人球一样的球形了！你看到过宇宙空间站里的植物吗？那些植物都是奇形怪状的，因为植物在太空的环境里没有受到多少重力影响。在这种情况下，植物受到外部的力的作用就是非常均匀的了。在外部受力均匀的情况下，植物的生长发育自然会接近于球体了。”

我：“这似乎并不能说明植物的本来面目就是球形吧，只能说明生命体对于外部的环境具有一定的适应能力。外面的环境怎么样，生命体就会朝着适应环境的方向去发展，甚至是改变自己的形体。但是反过来说，你作为一个地球上的人，是不可能接触没有重力的环境的，在这种情况下，你还要拼命地让自己的身体变成球形，不就是和环境不相适应了吗？”

他：“如果只是对世界认识到你这个层面，你说的话是有道理的，是没有问题的。但是你太过肤浅了，你的思想境界不够高啊。”

我：“那我的思想境界还差在哪里呢？”

他：“差在对生命没有更加本质的认识。”

我：“那生命的本质又是什么样的？”

他：“生命的本质就是裂缝。”

我：“裂缝？”

他：“对，生命的本质其实就是一道又一道的裂缝。比如说，你看到一棵树，那么其实它就是一道裂缝，卡在空间里的裂缝。”

我：“这就有点深奥了，我得捋一下思路。”

我试着想了想，但还是没有能够理解他所说的裂缝到底是什么含义，因为他的表述实在是过于抽象晦涩了。

他：“所有的东西都是卡在空间里的。你上学的时候做过显微镜实验吧？做实验的时候，会用玻璃贴片把一块洋葱给夹起来，然后放在显微镜下观察。这个世界也是这样，空间其实是一块三维的玻璃片，我们就是被夹在了玻璃片里的存在，只不过我们不是洋葱，我们是玻璃片上的裂缝。”

我：“你的意思其实可以表述得更清楚，空间就是一个容器，而生命就是容器里面的空洞或者内部空间是吧？就像蜂巢一样，如果把蜂巢平面切割开来，我们就会看到很多六边形的孔洞，你的意思是，这些孔洞就是生命？”

他：“你的领悟能力比我想象中要好一点，差不多有点那个意思了。”

我：“只是差不多吗？”

他：“是的，你还差了一点。其实生命都是被卡在空间里的，所以我们看外面的事物的时候才会产生自我意识。”

我：“空洞跟自我意识又有什么关系呢？”

他：“刚才我把空间比喻成了玻璃，是吧？其实不算完全准确，准确地说，空间更像是水。生命是水里面的空洞，而水里有了空洞之后会怎么样呢？”

我：“就会出现旋涡？”

他：“对，现在你已经接近生命的真相了。水里出现了旋涡，周围的水就会向着旋涡中心涌过来。这个过程就是一个事物指向于自我的过程，这就是自我意识的本质了。生命和自我意识，说到底就是空间在朝着某个区域中心运动、考虑、指向的过程。”

我：“你这都已经有点哲学的味道了。”

他：“这是肯定的。试想一下，你小的时候，有没有出现过在班上清点人数，结果却把自己忘了数进去的情况？你想要准确地计算出班级学生的真正数量，就必须要‘反观自己’，把自己也给考虑进去。这个过程就是在向着内部、向着空间这个旋涡中心去指向了。”

我：“你这么一比喻，我似乎有那么一点理解了。可是，你说的生命是裂缝、是空洞，和你想要变成一个球又有什么关系呢？”

他：“因为变成了球就可以直达生命的本质啊，我一开始就说过了。”

我：“我还是不明白，为什么变成了球就可以达到生命的本质？”

他：“唉，刚才还说你悟性可以呢，现在又觉得你不行了。你想想看，我刚才说了，自我意识就是一个旋涡是吧，旋涡都是有一个中心的，所有东西都会被吸到旋涡的中心，最后旋涡慢慢消失。那个中心就是旋涡的本质，也是旋涡存在的根基。我变成了一个球，其实就是在模仿旋涡不断向内卷动的过程，达到我生命的最中心。”

我：“那……生命的最中心会有什么呢？”

他：“有生命最初的形状，也是最自由的模样。试想一下，你在娘胎里还是一颗受精卵的时候，会感觉到痛苦、悲伤或者有其他的情绪吗？那时候的你是无拘无束的，是最自由自在的，是最逍遥的。我就是想感受那种逍遥，那才是生命该有的样子。”

对于他所说的生命的完美形态，我始终不是特别能理解，但是当他说到逍遥的时候，我却又似乎有什么领悟。最后我没有打扰他追求生命更完美的境界，而是静静地转身离开了。

佛说，性空无我。

庄子说，生命本是逍遥。

那他是不是把佛和道家思想无意间打通了呢？

用一种亲身感悟的方式。

二十、虚与实的碰错

他："你曾经想过的最深奥的念头是什么？"

他开门见山就问了我一个非常哲学的问题。

但是对于这种情况，我的回答非常轻松，因为我实在是见过太多人了，各种各样的精神病患者，他们对于这个世界的认识都有各自出彩的一面，随便拿出一个精神病患者的思想，我都可以说是非常的"深刻"。

我："我认识一些像你这样的人，他们经常怀疑这个世界是假的，觉得自己活在一台计算机里，就像《黑客帝国》里那些活在虚拟世界里的人那样。"

他突然笑了："也就这个层次而已吗？那我跟你说，你认识的那些人根本不算什么，他们的思想程度还远远谈不上深刻。"

我："哦？那你觉得怎样的思想才算是深刻呢？"

他："你有想过，这个世界真的存在吗？"

我："你这个问题跟那些怀疑世界是虚假的人有什么区别吗？"

他："当然有区别。你说的那些人怀疑的只是世界的真假，但是我怀疑的却是这个世界存不存在。虽然你说的那些人怀疑这个世界的真假，但他们还是有一个根本共识，那就是这个世界是存在的。但是如果这个世界本身就是不存在的，那么就无所谓真和假了。"

我笑了："可是这个世界的存在是绝对真实的，怎么可能不存在呢？就好比我现在坐在你的面前，难道我不存在？如果我不存在，那么又是谁在跟你对话呢？"

他："这就是问题所在了。所谓的存在，到底指的是什么？到底什么才算是存在？你有想过这个问题吗？"

我一时间被问住了，我稍稍思考了一会儿，最后道："这个……每个人的定义都不一样吧？"

他："但是，至少在我这里，存在的意思跟大多数人都不一样，我认为所谓的存在就是相互作用。"

我："相互作用？"

他："对，事物的存在只在于相互作用的一瞬间，或者说耦合的一瞬间。你想想，如果物体反射的光子不和你的视网膜进行耦合，你能够看到我吗？事实上，你眼睛看到的我是我反射后的光子和你的视网膜发生作用后的图景，早已经不是真实的那个我了。"

我："这个就很形而上了。我承认我看到的只是你被光线反射后的图像，但是不管怎么样，如果没有一个真实的你存在的话，光子又怎么被反射呢？所以肯定还是有那么一个实实在在的你存在，大不了和我看到的不太一样，对吧？"

他："错，你的理解还是错误的。特别是你用了'实实在在'这个词，那么你错得就更加离谱了。"

我："这我就不理解了。"

他："其实我们可以这么理解，两个物体被放在一个环境里，发生作用之前，这两个物体都是虚无的，都是不存在的，它们以虚无的方式运动着，但是并不存在。只有当它们发生了作用的时候，互相才会存在。"

我："我有点糊涂了。如果本来就不是真实存在的，又怎么会互相发生作用呢？如果两个物体原来就不存在，又怎么会在接触的一瞬间存在？"

他："是不是觉得很难想象了？人脑就是这样，因为我们的大脑天生就只能思考实在的东西，所以对于虚无的东西是很难想象的，但我打个比方你就懂了。就拿无理数来说吧，$\sqrt{2}$和$\sqrt{2}$相遇，就变成了2，在两个$\sqrt{2}$相遇之前，它们都是无理数，但是相遇之后它们却变成了自然数是吧？我们这个世界也是这样的，我们能够称之为'存在'的东西，其实都是整数的东西，但是这些东西被我们看到了，被我们发现了，其实就已经和我们接触了，在我们接触它们之前，它们都是无理数。我们能够看到的物体都是有边界的、有限的自然数个体，但是对于那些连边界都没有的无理数个体，我们不能称之为存在，只能称作'虚无'。"

我："你是怎么产生这样的想法的呢？"

他："因为这是很理所当然的啊。不说数学上的例子，哪怕是我们这个真实的物理世界不也是这样的吗？比如说，在量子力学里有一个著名的概念，叫作'观察者'，简单来说，就是一个量子在被人观察的一瞬间会坍缩成固定的形态，如果你没有观察它，那么它就是叠加态的，你无法确定它在哪里。其实这所谓的叠加态就是一种虚无的存在，所谓的波其实就是一种虚无。只有当两个虚无碰撞在一起的时候，才能变成粒子，才能变成实在。你看，其实到底是实在还是虚无，看的只是两个物体它们是不是被放在一个环境里，发生了相互作用。所以说，如果我跟你不在一个房间里，那么你对于我来说其实就是虚无的。我们只有见面了，彼此才会变成真实的存在。”

我：“想法是很有趣，但是这归根结底也只是一种猜想而已吧。”

他：“谁说只是猜想了？其实也有实验支持啊。现在全世界各种物理学的高能实验都在支持着我的这一套理论，他们渐渐发现一些跟理论不相符的特殊粒子了，原来的一些标准模型开始变得支离破碎、千疮百孔。物理学家们做高能物理实验的时候，总是偶尔能够发现新的粒子，这些粒子很多时候只出现一次，很难再发现。但是做的实验多了，这种情况却变得越来越频繁，你知道这是为什么吗？”

我：“为什么？”

他：“其实，所谓的粒子，比如说希格斯粒子之类的，根本不存在。”

我：“粒子不存在？”

他：“对，其实那些粒子是在进行高能碰撞实验的一瞬间产生的，在实验开始之前根本就不存在。也就是说，所谓的希格斯粒子还有其他各种新发现的粒子，根本就不是宇宙中本来就存在的，而是人类自己创造出来的。人类的物理学理念从一开始就彻底走错了，我们觉得各种基本粒子是存在的，然后再去做实验验证，但事实上却是反过来。各种基本粒子其实根本不存在，是我们的实验创造出了它们，然后我们又误以为它们是宇宙中本来就存在的粒子结构，然后继续做实验研究……最后，我们就会被自己设置的一个认知怪圈给套牢了，源源不断的资金都投进一个错误的物理观念中，其实都是浪费钱财。”

我：“所以，你才创建了你的团队，拉拢了一批人，专门批判和反对各种物理学的实验？”

他：“对，因为我知道他们就是在骗人，在浪费钱财，不管他们做多久的实验，都不会有什么成果。但是好多人都不懂这些事，所以才被他们一起编造出来的谎言欺骗。高能物理实验其实就是个骗局，不能继续做下去了，再做下去只是个无底洞，我一定要把那些人丑恶的面孔揭开。你不用治我，你也治不好我。因为我根本就没有病，是那些人故意说我有病，说我偏执，以此污蔑我，好不让我揭穿他们的真面目。”

绝大多数的精神病都是没有办法通过脑部检查发现的，他也是一样。他的大脑一切正常，没有什么器质性的病变，也就是说，他的问题在于他的思想。

因此，这里就产生了一个很严重的问题。

对于我这个不懂物理学的人来说，他说的是真的吗？

不管怎样，恐怕我是无法知道答案了。

但是至少他的话给了我一定的启发，他为我展现了一个全新的世界。

我想起了《寻堡奇遇2》里帕特尔向女友告白时的那首情诗，《孤独的根号三》：

我害怕，

我会永远是那孤独的根号三。

三本身是一个多么美妙的数字，

我的这个三，

为何躲在那难看的根号下。

我多么希望自己是一个九，

因为九只需要一点点小小的运算，

便可摆脱这残酷的厄运。

我知道自己很难再看到我的太阳，

就像这无休无止的

1.7321……

我不愿我的人生如此可悲。

直到那一天，

我看到了，

另一个根号三。

如此美丽无瑕，

翩翩舞动而来，

我们彼此相乘，

得到那梦寐以求的数字，

像整数一样圆满。

我们砸碎命运的枷锁，

轻轻舞动爱情的魔杖。

我们的平方根，已经解开。

我的爱，重获新生。

我无法保证能给你童话般的世界，

也无法保证自己能在一夜之间长大。

但是我保证，

你可以像公主一样永远生活在自由、幸福之中。

……

也许，我们从来都是孤独的，都是虚无的，我们都是一个个无理数。只有当我们彼此相遇的时候，我们的人生才能够有固定的形态，才能化为圆满的整数。

二十一、透明世界

在我认识的人之中，无论男性、女性，或者自称男性和女性的，很少有比她更特别的了。

从第一次见到她起，我就知道她是个与众不同的存在。

和所有有着正常思维的人不同，她相信很多东西，她坚信这个世界上有外星人，于是大冷天她特地在江畔摆放手电筒，好给外星人传递讯息。有人问手电筒的光这么微弱，而且外星人离我们那么远，手电筒的光怎么可能被外星人接收到。但是她却说，外星人科技那么发达，离我们越远的外星人肯定越有办法看到手电筒的光，而且，能够看到那么微弱的光的外星人，科技肯定已经发达到了能够穿越时空的地步，利用时空穿梭能力来到地球，那是很自然的事。

她也相信人类能够发明时光机，她说，未来人可能会对人类历史上一些重大事件感兴趣，从而回到过去进行访问。为了能够引起她坚信存在的时空穿梭者的注意，她还特地参加了全国大学生歌手大赛，在接受访谈的时候向未来的人类公开了她迎接未来人的地址。

她也相信这个世界上有魔法师，她说，魔法师们潜藏在人类社会的角落之中，只是害怕被曝光。所以她特地在网上注册了一个虚假的账号，自称魔法师，还说要把地球上所有魔法师的身份全部曝光，希望以此引诱真正的魔法师现身。

她还相信那些所谓的性格突变者、灵婆是真的被神灵附体了，而不是故弄玄虚骗取信任和报酬。所以她还主动去跟那些性格突变的失忆者彻夜谈心。

当然，她也相信小说中的气功和武术的存在，她说那些能够以一条柳枝打败数十万人军团的武林大侠是真实存在的，完全把人类几百年的热兵器发展历史当作厕纸。她坚信那些无人问津的小胡同深处的老中医馆里藏着绝世高手，某个坐在胡同口藤椅上晒太阳的脑梗塞多年的老人可能是一阳指的传人，某个正在阳台上缝衣服的大娘可能是葵花宝典的练习者。为此，她还趁着无人的时候在胡同里到处张贴“牛皮癣”，想要举办一个“地下武林大会”，结果被刮“牛皮癣”的保洁员当场发现，追了三条街。

她也相信狼人的传说，在某个月圆风高的深夜，她会兴致勃勃地冒着寒风出门，去街道上寻找所谓的狼人，结果当然只是找到一群正在发情的流浪猫。

她还相信妖魔鬼怪的传说，她相信某家古董店的美艳老板娘可能是活了千年的狐狸精，她觉得某起警方没有头绪的盗窃案件的嫌疑人是只猫妖。她也相信那些莫名其妙失去了记忆的阿尔茨海默病患者和流浪汉可能是中了妖术。

总之……

对于那些荒诞的事情，她好像永远有着无穷的活力和旺盛的精力，就好像她的胸口藏着一颗永远燃烧不尽的太阳。

某天，我和她坐在房间靠窗的位置，她曾经问我相不相信那些荒诞的东西。

我却对她说了一句话：“科技扼杀了梦想。”

“为什么？”她问我。

“难道你不觉得吗？小时候，你会相信草丛里的飞棍、尼斯湖的水怪，有人相信雪山大脚怪或者坠毁的UFO里的外星人。可是现在，GPS技术发展了，手机视频和网络流行了，声呐、雷达技术也到处应用了。小时候你曾经觉得无比新奇的水怪原来只是恶作剧，草丛里的飞棍只是相机帧数问题造成的错觉，雪山上的大脚怪也只是某只狗熊，而坠毁的UFO里的外星人只是PS技术或者高超的化妆技术做出来的假人。还有什么火星上的人脸，其实也是因为航拍像素不足造成的错觉，只要换了更清晰的摄像头，用了更精确的技术，这个世界就透明了，什么世界奥秘啊、神秘主义啊都消失了不是吗？这个世界变得越来越透明。”

但是她却倔强地说：“那只是因为科技发达了，造假的人多了，真相和假象混杂在了一起而已。”

我笑笑说：“可是问题在于你怎么区分真相和假象呢？科技发达的如今，造假的方式太多了，在人人都可以假扮外星人、魔法师和猿人的时代，就算真的外星人被拍到了，又有多少人相信呢？”

我的话也许真的对她打击很大，那一刻，我看到她沉默了。

整整一下午，她都用手托着腮帮子，看着窗外出神。

那一刻，我突然明白了为什么她会来到这家荒诞的精神病院。

大概，她是想从这个平凡的世界里找出一点点不平凡吧。

二十二、文化熵增

曾经有一位年轻的女患者，在治疗好心理疾病后创建了一个心理健康诊断的网络论坛，在这个论坛里，她根据当初住院时接触到的新闻，给我们院里的很多患者贴上了各种有趣的“标签”。这个论坛，我们戏称为“怪人社”。

这次我要说的，是一名在怪人社的头衔为“文化观察者”的治疗对象。当然，这只是他的网名而已，这种拿到现实世界里连小学生都会感到羞耻的头衔，当然只能在网上才敢拿出来。

而我和他的对话，也是在怪人社的论坛上进行的。

一上来，他就跟我讲大道理。

他：“你们这个论坛用不了多久就会倒闭。”

我：“你一来就这么说，让我怎么回答你……好吧，我还是问问，为什么？”

他：“任何论坛都会衰落，都会倒闭，时间长短而已。其实，所有的文化产品都是这样，不管论坛、贴吧，还是问答网站、新闻网站，或者电影、游戏、小说，都是这样。”

我：“你的意思是一件文化产品的人气会耗尽是吧？”

他：“差不多。但是，我的概念比人气耗尽还要更复杂一点。我一直都在观察人类文化，现在我可以说我的结论，那就是，我对人类文化的未来不抱希望。”

我：“能问问为什么吗？”

他：“因为文化熵增。”

我：“文化熵增？”

他：“对，就是文化熵增。熵增其实是物理学的概念，指的是一个系统从有序慢慢变成无序的过程，这个世界上任何有序的系统，最终的结局都是变成无序。就像你拿着一个花瓶，把它摔在地上，之后变成了碎片，是不可能再重新组合起来的。其他系统也是一样，太阳的能量会慢慢消耗殆尽，然后灭亡，所有的植物都会慢慢枯萎、死亡、分解。除非外界有新的能源输入，否则任何系统都免不了走向无序和混乱。”

我：“可是……这跟文化有什么关系？”

他：“有关系。很少有人把文化和熵增的概念结合起来，我也是第一次尝试。其实，人类的文化系统就是一个不断熵增的系统，最后人类的文明终究是免不了变成一潭死水。人类还没有灭亡，人类的文化就会先灭亡了。”

我：“能举举例子吗？”

他：“例子太多了。十几年前，DVD、VCD市场很火吧？人们都通过买碟来观看节目。可是你现在看看，不管是国内还是日本，随着网络的发展，DVD、VCD市场都在迅速衰退。因为大家都去网上看视频节目了，在电脑上观看要方便多了，碟片这个市场就被打碎，自然衰退了。”

我：“这不就是网络时代的必然吗？没什么稀奇的吧？”

他：“你听我说完。除了碟片市场，同样衰落的还有其他市场。比如电视市场，以前大家都在家里看电视，但是现在网上能看视频了，很多人就不会去电视上看节目了，只有那些不会上网的老人或者不会用电脑的小孩还在坚持用电视机而已。除此之外还有体育市场，以前足球、篮球的关注度很高，但是现在各种电视、网游、手游吸引了年轻人的注意力，体育竞技的市场也在衰落。之后就是实体书市场，你看，现在有多少实体书书店倒闭？现在大家都在网上看电子书了，实体书的销量已经一年不如一年了，剩下的书店大多也只卖教科书了。”

我：“这只能说是网络时代的必然吧？”

他：“错，大错特错。你还是没有看到本质，本质并不是网络时代的发展，而是个体时间和精力的有限。你想，个体的时间和精力是有限的，每个人一天只有24个小时，一年只有365天。但是文化产品的种类却呈爆炸式的增长，只需要利用简单的除法，你就可以知道，最后每个文化产品上花费的时间肯定越来越短。你想想，为什么博客被微博取代，为什么现在各种短视频App那么火爆，为什么那些动辄几百集、几十集的电视剧、动画，现在变成了20多集、10多集的短作？因为这些产品在时间上的分配更短、更碎片化，才能更快满足这个日益文化熵增的社会。”

我：“这……好像的确是这样。”

他：“不是好像，而是就是这样。你看看百度贴吧，现在人气大不如前了吧？大量会员被知乎、果壳网、今日头条、微博、微信、天涯、虎扑、视频网站之类的网站分割了。但是那些App就算分割了市场，也不可能达到百度贴吧鼎盛时期的人气，因为以前百度贴吧毕竟是一家独大。我观察过，以前起点中文网人气最高的小说点击率可以超过一亿人次，但是现在呢？已经很多年没有人气那么高的作品了。因为作品多了，读者口味也分散了，都去追求自己想看的作品了，各种官场、玄幻、科幻、悬疑、言情、历史作品分割了大量的读者，自然就没有一部作品的人气能够达到以前鼎盛时期的人气了。”

我：“也是……那你觉得，这样下去结果会怎么样呢？”

他：“首先，就是各个文化产品能够分到的人气越来越低，然后，就是想要把有共同价值观和共同兴趣的人聚集起来，需要花费的代价越来越大。人和人之间的思想差异会越来越大，整个社会的文化都会松散化，从文化大圈子走向一个个独立又交错的文化小圈子，然后从文化小圈子变成文化小组……社会上已经出现这样的情况了。隔行如隔山的现象非常严重，比如一个数学系专业的学生说‘切比雪夫大数定理’，一般文科生根本听不懂吧？文科生说个‘马基雅维利主义’，也不是所有理科生都能明白的，是吧？”

我：“好吧……我其实想说你说的两个概念我都不是很懂，看来我是真的受到了‘文化熵增’的影响了。不过，按照你的推测，之后会怎么样？”

他：“最终结果就是……文化热寂，想要把一个文化群集聚起来的代价越来越大。为什么这些年来，好莱坞也好，日本也好，国内也好，总是翻拍一些经典作品，总是走情怀路线？因为只有在那个网络还不怎么发达的时代，大家才有更多的共同记忆，所以一些经典的IP才能更好地把观众聚集起来。好莱坞想赚钱，靠原创已经越来越难了，只能靠翻拍经典IP，或者走投资巨大的商业大片，弄噱头才行。为了聚集更多文化团体，文化产品只能越来越吸引眼球，所以动画里的妹子越来越漂亮，电影和电视剧里的明星越来越时尚靓丽。这都是文化熵增造成的。”

我：“有限的时间除以无限多的产品……最后就是碎片化的时间吗？”

他：“是啊，就是这样。根据我的调查，手游的平均寿命不到6个月。一个手游出来，玩家才聚集了几个月，就被新出来的手游吸引了注意力，人气就分散了。但是你想，就算玩家被吸引了，但是老的玩家肯定还是会有残余的，就像年轻人去城市里工作，但还是会有老人留在村子里守护着记忆中的土地。于是，随着一次又一次的迁移，每一个手游都会残留一些忠实的玩家，而从整个手游市场来看，平均每个手游能分到的玩家就很少了。”

我：“……虽然我玩的手游不多，但是就人气来说，手游市场的确是日新月异……或者说三分钟热度吧。那对于这种现象你有什么好的对策吗？”

他：“没有，除非人脑可以直接传输记忆和意识，否则，文化熵增就是个不可逆的过程。你看，在这个信息爆炸的时代，每一天、每一分钟、每一秒，文化信息都在以几何倍数的速度增长，人是根本接收不过来的。大英词典现在已经拥有100万个左右的单词了，甚至单单为了网球，一年就可以增加80个新的单词。随着文化熵增，每年新出现的术语不计其数，但是术语这个东西只会越来越把圈子给局限起来，最终造成的结果就是每个文化圈子里的人越来越少，文化圈子之间的人口分布越来越平均。那时候人类的文化……就热寂了。而且，还会出现更可怕的事。”

我：“更可怕的事？”

他：“就是社会结构的解体。当人和人之间的思想价值、世界观差异越来越大时，一个社会或者一个国家的凝聚力就会越来越弱，国家的概念甚至都可能淡化，每个人都沉浸在自己的文化圈的牢笼之中，被符合自己认知边界的概念所束缚，一个完整的文化王国会逐渐变成一座座分散的文化孤岛，甚至……文化孤岛会变成一个个的溺水者，谁也救不了谁。”

“文化观察者”的思想的确值得人深思，甚至，他所描绘的未来足以让人感到恐惧。

但是在谈论的最后，我也给出了反驳的观点。

我：“我赞同你的部分观点，但是我有些不同的看法。我认为……虽然人类的文化可能的确会逐渐分化，但是也有一些共同的东西是抹除不了的。比如说……不管人类怎么演变，最基本的情感终究是不变的。虽然有点老套，但是我还是想举个例子，比如说……爱的感觉不管在哪个时代、不管术语怎么变化都是一样的。”

听到我的话，他沉默了。

我以为我胜利了，但是过了一会儿，他却说了一句让我眉头一皱的话。

“呵呵，你真的以为爱情是不变的吗？爱情这个词是1822年，英国传教士马礼逊来到中国后根据‘Love’这个词替中国人翻译的。在之前的几千年文明岁月里，中国人的脑海中可从来没有什么‘爱情’的概念。也就是说，爱情是被发明出来的。”

二十三、宇宙是一具尸体

这个怪人的头衔叫“宇宙僵尸”，按照他的说法，这个头衔已经包含了他对这个世界的看法。

我还当过一阵子怪人社的副版主，大多数时候怪人社论坛内的帖子和会员都由我管理。当然，作为一个新开的论坛，怪人社既没有什么宣传渠道，也没有什么宣传亮点，最初几乎没有人气可言，论坛里除了一些心理诊断的咨询帖，最多的就是那位女版主发的一些科学、哲学、心理学和世界奥秘的宣传帖，我甚至都担心这个论坛最后会变成一个灵异论坛。

而“宇宙僵尸”就是在看到我转发的一篇关于宇宙大爆炸的帖子时跟我取得联系的。

他开门见山地对我说：“你的那个帖子我看了，里面的内容很多都是错的。”

我："是吗？具体是哪些地方呢？"

他："你发的那篇帖子里，把宇宙的爆炸还有空间的膨胀比喻成了气球，但这个比喻是错的。"

我："为什么这么说？"

他："把空间的膨胀比喻成气球是不适合的，因为，与其说是膨胀，不如说空间是在生长。"

我："生长？"

他："对的。很多书里都把宇宙比喻成气球，然后把星系和各种星体比喻成气球表面的斑点，气球在膨胀，星体互相之间在不断地远离。但是这种比喻是错误的，准确地说，宇宙更像是一个正在发芽的马铃薯，每一寸空间都在不断地生长、发芽。这个过程，你可以想象成细胞的复制和分裂，1个细胞变成2个细胞，2个细胞变成4个细胞，4个细胞变成8个细胞……一直不停地复制下去。空间的每一寸土地都在不停地生长，就好像细胞复制一样。"

我："听上去有些难以理解。"

他："好吧，来打个比方。如果我告诉你，我要在宇宙中做出一根伸长速度比光速还快的棍子，你觉得可能吗？"

我："比光速还快？"

他："对。光速是每秒大约30万千米吧，但是如果我告诉你，我有一根棍子，1秒钟能够伸长100万千米，甚至更快，你觉得可能吗？"

我："这……不可能吧？"

他："并非不可能。我举个例子，假如这根棍子是由原子组成的，一开始，我在宇宙空间之中放置1个原子，然后过了1秒钟，这个原子会自我复制，变成2个，再过1秒，2个原子又会自我复制变成4

个，而且每次复制之前，所有的原子都会自动向左边移动一个原子的距离，好让新出现的原子有地方安置。这样一来，大概只要1分钟，理论上来说，这根棍子的变长速度就会超过光速。当然，这里是不考虑引力的。如果你把原子换成空间的话，就可以把空间想象成是一根通过原子复制的方式不断伸长的棍子。”

我：“听起来好像很有意思。”

他：“真相有时候就是这么有意思。很多人都被一些网站的科普给误导了，以为宇宙是一个气球。但是宇宙，其实更像一团不断生长的癌细胞……甚至是一具正在膨胀的尸体。”

我：“膨胀的尸体？”

他：“是啊。你听说过巨人观吗？一个人死了之后，他尸体内的各种细菌病毒就会失去抑制，开始大肆繁殖，最终释放出大量的气体，导致尸体膨胀。你难道不觉得，我们的这个宇宙就很像一具正在膨胀的尸体吗？”

我：“之前看到你的头衔是‘宇宙僵尸’，感觉还有些不明白，现在听你这么说，我倒是懂了一些。”

他：“呵呵，我的头衔就代表了我的世界观，就像一个人的名字会反映他父母的期望。”

我：“你说的这些东西是得到证明了的吗？还是只是你的猜测呢？”

他：“当然是得到证明了的。你知道宇宙微波背景辐射吧？”

我：“看过新闻吧……”

他：“宇宙微波背景辐射，英文缩写是CMB，是宇宙大爆炸产生的残系辐射。按照主流说法，宇宙刚刚‘诞生’的时候，还是一团等离子汤，那时候宇宙的温度很高，密度很大，后来，宇宙温度下降，并且释放出了大量的光子，这些光子即使过了100多亿年也还残存在宇宙各处，所以形成了我们现在可以观测到的微波辐射。但有趣的是，这些光并不单单存在于宇宙深处，还存在于宇宙空间的每一个角落。从理论上来说，包括你的身体所在的空间，现在都在释放出光子。因为这些光是从每一寸空间诞生的，而不是从恒星或者其他星体发出来的。”

我：“你说空间在生长，那意味着微波辐射也在增加吗？”

他：“不，不是这个意思，事实上……微波辐射就是空间。”

我：“啊？”

他：“空间的本质就是光，这个可能有点难理解，但是，你可以把空间理解成是关系，而不是一团水或者玻璃一样的实体性的东西，物质和物质之间的因果关系才是空间的本质。空间在生长的意思，就是物质和物质的关系在随着时间变化，或者说，宇宙微波背景辐射随着密度变稀薄而变凉。你知道，宇宙中每个地方的物理法则都是相同的，这是为什么？这是因为我们这个宇宙内的所有物质都在一个共同的参考系内。正是因为参考系是同一个，所以物理法则才是均衡的。而这个共同的参考系是什么呢？那就是宇宙微波辐射。宇宙微波辐射是一张空间大网，它把所有的物质都网罗在其中，为所有的物质提供了一个共同的数学参考系。爱因斯坦不是说光速恒定吗，其实这种恒定就是跟宇宙每一寸空间坐标系进行对比的结果，或者说，是和宇宙微波背景辐射进行对比后的结果。”

我：“后面说的就比较深奥了。但是我没有想过宇宙微波背景辐射还有这样重要的意义……居然还是整个宇宙的坐标系？”

他："就是坐标系。空间是离不开物质的，如果没有宇宙微波背景辐射，空间就不存在，物质和物质的关系就会被割裂开来，变成一座座相互之间毫无关系的孤岛，整个宇宙就会被割裂成无数的小宇宙。你能想象那样的景象吗？"

我："宇宙的割裂？突然感到了莫名的恐惧……"

他："呵呵。对于一个普通人，说这么多，信息量已经太大了，足够你消化一阵子了。记住我的总结就行：宇宙空间在不停地生长，就像是一具膨胀的尸体。我们都以为大爆炸开始是宇宙诞生的标志，但是事实上，在大爆炸的那一瞬间，宇宙就已经死亡。"

二十四、环境基因

“你知道吗，你的记忆不仅仅存在于你的大脑之中，整个世界都是构成你记忆的一部分。”

说这番话的怪人叫“寻忆者”，他是个怪人，因为他声称自己能够发觉环境存在的某种特殊能力。

“在过去，我们都觉得环境就是环境，是外在于我们的一个舞台而已，但是大家都理解错了。环境，其实是构成我们自己的一部分。”

我：“这个有点像建构主义的观点。”

他：“你学过哲学？”

我：“我就是学哲学的。”

他：“你说的有一定道理，但是我要走得更远。我相信，我能够挖掘出这个世界对于人类来说更深远的价值。”

我：“更深远的价值？指的是什么？资源利用吗？”

他：“不是物理上的资源利用，那太低级了，我指的是心灵上的意义。你有过失忆的经历吗？”

我摇了摇头：“一般人都不会有啊。”

他：“那么，忘记的现象你总有过吧？比如说，有时候你会忘记一块橡皮放在哪里，或者去上班时忘了身份证和手机放在哪里，你会东奔西找，最后回到家看到了放在柜子上的身份证，你才会猛然想起来之前在网上注册一个论坛账号的时候用过身份证，然后随手放在柜子上了。是环境，是家里的这个环境，让你想起了你做过的事，如果你没有看到柜子，没有看到上面的身份证，你是想不起来自己的经历的。”

我：“嗯……这种情况倒是很常见啦。不过，这应该只是暂时想不起来了，记忆卡顿了而已，但是你的记忆还在，只是被隐藏在脑海深处，一时间卡壳了才想不起来。”

他：“这么说还是太简单了，把我刚才的情况稍微扩展一下吧。假如，你有一个双胞胎弟弟，跟你长得一模一样，他的经历也跟你相似，然后有一天你的身份证忘带了，你觉得是你的爸妈更有可能找到你的身份证，还是你的双胞胎弟弟更容易找到你的身份证？”

这一次，我是真的认真地想了想，一番思索后，我说道：“我觉得如果真有一个习惯很相似的双胞胎弟弟的话，他应该能更快想到我的身份证在哪里。”

他：“这就对了啊。现在你应该能够更好地理解什么是构成一个人自我的要素了吧？一个人的记忆其实是一个人的本性习惯和环境共同作用的结果，如果有一个人有着和你极其相似的本性，他在同样的环境下，就可以构建出和你非常相似的记忆，甚至……变成第二个你。”

我：“原来你说的是这个意思……不过，这不是理所当然的事吗？既然本性相似，环境又差不多……记忆肯定……嗯，也差不多吧？”

他：“你还是没有懂我的意思。我的意思是，环境本身也在承载着构成你的自我的功能。在过去，你以为一个人是由身体内的各种基因构成的，但是现在不全是了，自我这个概念，除了构成身体的各种细胞和基因之外，还有环境基因这个成分在内。”

我：“你这么说……我好像有些懂了。”

他：“明白了吧？如果你遇到过失忆者，或者是健忘症患者，你可能就会更容易理解我所说的东西了。有一些得了健忘症的老人，他们甚至都已经不认识自己的亲人，出门了也记不得回家的路，但是他们却还会按时吃降压药，知道降压药放在房间转角处的柜子上，因为他们平时的生活习惯就是在房间转角处的柜子上放东西。只要他们的习惯没有改变，就算有健忘症，就算对过去发生的事没有了记忆，他们也能够正常生存。因为环境可以通过和他们的习惯配合，来承担他们的记忆。”

我：“你对失忆者真是了解啊。”

他：“因为我有专门调查过。而且，不单单是失忆者，普通人也有相似的经历。有时候你一大早从自己的床上醒来，会突然忘记自己是谁，忘记自己在哪里，就好像身体里注入了另外一个人的灵魂一样。如果不是看到熟悉的窗纱、熟悉的摆设，你觉得你还能够顺利地想起自己是谁吗？如果有一天，你在一个陌生的地方醒来，发现自己的外表也变了，然后突然有一个人急匆匆地用另外一个名字称呼你，叫你去帮他做事，那时候，你觉得你是会相信自己脑海里的记忆，还是会更相信现实世界里别人称呼你的那个‘自己’呢？”

我：“这……一般人，发现自己的记忆出现了偏差，肯定会想办法去求证吧？”

他：“可是，假如你是被一个绑匪抓到了一个完全陌生的地方，然后做了整容手术呢？你根本找不到任何熟悉的东西来证明你还是原来的那个自己。这时候，你是相信自己的记忆出现了错误，还是相信自己被人给拐卖了呢……”

我：“这……”

他：“事实上，一个人的自我并没有我们想象的那么牢靠。如果现实里真的发生了我所说的那种情况，一般人虽然一开始会去找各种证据，但是随着时间过去，当他们找不到过去的证据的时候，他们还是会接受新环境下的自我，过去的那个自己就像是梦境一样，逐渐被遗忘。直到多年后，他突然被带回故土，被带到了原来的环境之中，他才会突然想起原来的自己。”

我：“你说的太有代入感了，我还真碰到过这种情况……有几次我睡午觉醒来，甚至会忘了到底是早上还是傍晚，如果这个时候有人告诉我睡了两天两夜，我也会深信不疑。这也算是一个例子吧……”

他：“还有失忆者。有些失忆者可能是脑部受损，导致他们完全不记得自己是谁，忘了自己过去的一切。但是如果让他们到过去的环境里重新生活一段时间，邻居会发现他们的生活方式和失忆之前居然一模一样。外人根本分不清他们的记忆究竟是恢复了还是没有恢复。”

我：“可是，那不过是从外人的视角来看的吧？”

他：“这个宇宙中可没有一个记录你主观感受的记录者，如果你失忆了，你怎么知道自己现在的感受与记忆和以前是一样的还是不一样的呢？”

我：“这个就有点绕了……”

他：“说到底，环境基因自己也是有演化过程的。一个人在什么样的环境里就会有什么样的生活模式，比如，一个在工厂的流水线上工作的工人，那个环境固定了他的行为方式，机器的操作方式、运作频率、生产形式决定了他们的行动方式。还有就是在学校里上课的孩子们，行为也是被他们所在的环境影响，不管什么样的孩子，在学校里的行动模式都是固定的。除此之外，还有监狱里的罪犯也是如此。这就是环境基因，任何人一旦受到了一个环境基因的影响，他就会被模式化、体制化，环境里的各种细节、物质之间的相互关系都会决定一个人的行动模式，而且，这种行动模式还会从一个人遗传到另一个人身上，就像基因的复制和转录一样。你想想，为什么全世界那么多的学校、银行、监狱的环境设置都那么相似呢？”

我：“按照你的这个意思……似乎环境本身就是一种活的东西，能够复制、遗传？”

他：“对，就是这个意思。环境本身就是一种生命，每一个环境单元就是一个生命体。一所学校是一个学校生命体，一所监狱是一个监狱生命体，一个小区是一个小区生命体，一个体育馆是一个体育馆生命体。这个世界上存在着四种基因：第一种，生物的基因；第二种，文化基因，也有人称之为觅母；第三种，科技基因，科技基因的意思是我们的科技本身是有遗传和发展的，它也是一种生命体；第四种就是环境基因了。环境基因是我首次发现的，全世界只有我一个人提出了这个概念，在此之前都没有人发现这一点。”

我："那按照你的意思，自我又是什么？"

他："自我其实是生物基因、文化基因、科技基因和环境基因的结合体，缺少了任何一个都称不上自我。人要有身体，所以需要生物基因。人需要思想，所以要有文化基因。人要有工具，所以有科技基因。人需要环境，需要一个配套的生活模式，所以离不开环境基因。自我是一整套的组合，你懂吗？"

我："你说的理论体系很复杂……我一下子消化不了，但是……你的这些思想，让我明白了一件事。"

他："哦？什么事？"

"没什么。只是有点感慨吧。"我没有立刻给他答复，而是把回答藏在了心里。

我明白了一件事，以前我并不是非常明白的事。

那就是，为什么当一个人背井离乡时，他会哭？

为什么好友之间分别时，会那么痛苦？

为什么当一个人离开他生活多年的居所时，会忍不住心如刀绞，仿佛失去了什么？不管那是一所学校、一栋公寓，还是一个公司？

那是因为当我们离开一个环境时，像离开子宫的新生儿的脐带被剪断了，不单单是那看得见的环境，还有我们的自我。

二十五、会说话的手

在和她聊天之前，我从来没有想过原来有些想法男人是永远不会产生的。

以前我也好奇男性和女性的思维差异在哪儿，我通过自己的观察和杂志、科技咨询知道这种差异的存在，但是我以前的理解只是从现象的角度来理解男女差距。比如说，有的女性爱逛街，喜欢花大把时间买服装，或者是花费大量的时间去化妆，虽然我知道女性有这些特征，但是我无法从主观的角度理解她们的感受。直到和她对话之后，我才知道了一点点女性的主观感受。

她叫“断手人”，这个怪人头衔很奇怪，但是在和她谈话之后我才明白这个头衔的含义。

一开始和她谈话的时候，她问了我一个很奇怪的问题。

她：“你觉得你的右手对你重要吗？”

我：“这……这个问题需要问吗？右手对任何人来说都很重要吧。哪怕那个人是个左撇子。”

她：“重要到什么程度呢？”

我：“手是自己身体的一部分，跟自己血肉相连，从一出生就在自己身上，还能有什么比那更重要的呢？”

她：“在你看来，手就是你的一部分，失去了它就不完整了，是吗？”

我：“当然了，我都没法想象如果有一天我断了手会是什么样的感觉。”

她：“对，每个人对于身体的任何一个器官都是无比重视的，因为它是自己身体的一部分，没有什么比自己的身体更重要，再怎么自私的人，至少都会把自己的身体排在第一位。”

我：“这不是理所当然吗？自己是一个人考虑其他事情的逻辑出发点啊，如果身体都没有了，还谈什么思考呢？”

她：“就是这样的。可是，如果有一天你的身体突然出现了异状，你会怎么样？”

我：“异状？指的是……生病吗？”

她：“不是生病，是你的身体的某个器官突然有了自我意识，比如说右手突然能够开口说话了，它有了自己的思想，怎么办？”

我：“你是在说《寄生兽》漫画吗？”

她：“我在认真跟你讨论呢，不是谈什么漫画。我就碰到过这样的事，有一天我的右手突然苏醒了，它长出了眼睛和鼻子，看起来很可爱的那种，然后它还能跟我说话、聊天。”

这样荒诞的话题怎么可能认真得起来……我：“不过，如果有一天我的手真的会说话了，那还挺有趣的。”

她：“我说的是真的，在几年前，我的手真的有了自我意识。一开始，它还是和我的手臂连着的，它很乖。但是它是不会说话的，我还得慢慢地教会它说话，让它去识字。不过它很机灵，什么东西都能够很快掌握，最后它就有了人类一样的智力，能够跟我流畅地谈话了，我们一起画画、一起写字、一起吃饭、一起玩游戏，有时候……我们还会抢着看电视节目呢。”

我：“呃……那现在呢？”

她：“现在它已经走了。”

我：“走了？”

她：“走了，我现在是在用左手跟你聊天。”

说着，她发给了我一张她的照片——右臂袖子下方空荡荡的，她是个断了右手的残疾人。

我一下子愣住了，终于明白了为什么她回复得那么慢，而且她之前为什么一直提议用语音聊天。

我：“对不起……我之前还以为你是在开玩笑，没想到你是……”

她：“没事，我知道我说的东西一时很难令人相信，我也没想过你会相信我的话。”

我：“嗯……按照你刚才说的，你的手……是自己离开了你的身体……自己跑了？”

她：“是啊，是它自己离开的我。一开始，我和它是那么的亲密无间，我们无话不谈，毕竟它就是我身体的一部分嘛，就和我自己是一样的。它很懂事，甚至可以帮我做菜、洗衣服，而我则是吃两人份的食物，用我的养分来孕养它，维持它生存。我们两个默契地配合，当我累了的时候，它还可以帮我整理文稿，继续帮我工作……真的，世界上没有比它更可爱和听话的宝贝了，我为它自豪，我为它亢奋……看着它一天天成长，变得聪明，我也感到非常欣慰。可是有一天它却突然开始不那么听我的话了，它有时候会突然离开我的手臂，自己出门去走走，一走就是很久，我怎么找……都找不到它。”

我：“它为什么离开呢？”

她：“它说……它想去外面的世界看看，一直做我的右手，它感觉不自在，外面的世界在吸引着它。”

我：“可是，它不是要你的养分才能活下去吗？”

她：“那是一开始，后来它长大成熟了，可以自己吃东西了，就算没有我给它提供养分，它也能在外面跳舞、走动……它……开始不需要我了。到后来，它出门的次数越来越多，而我的身体也越来越不方便，没有了它，很多事我都做不来。”

我：“可是后来……它还是走了？”

她：“嗯……它还是走了。我没有办法……因为跟我在一起它不快乐，它觉得自己受到了我的操控。我想与其这样，不如就让它走吧……”

我：“那后来你还见过它吗？”

她的语气开始变得悲伤：“偶尔……还能见见面吧。它有时候也会回来看我，但是最近次数越来越少了，它几乎不回来了。”

我：“那它去了什么地方呢？”

她：“我不知道……大概只是在外面的世界到处漂泊吧，它很少告诉我它去了哪里。可是，有时候它回来也会给我带一些礼物。”

我：“礼物？”

她："像是哪里采到的花啊，或者哪里见到的好看的石头，杂七杂八的，什么都有。一想到它就是我身体的一部分，我总是会有一种奇妙的感觉，就好像我的手臂和它还是牵连着的，它还是我身体的一部分，不管它走得多远，我们还是一体的……我们应该是一体的。那种感觉……很难说清楚，就好像……我就是它，它就是我。虽然在空间上我们是分割的，但我们还是一个整体……如果要说什么是'自我'的话，那么，应该是我和它结合才是一个完整的'自我'。"

我："你是说单单你自己还不算是自我吗？"

她："对的，单单我一个人的话，是算不上自我的……我和它合起来才是一个完整的自我……当它出现在我的人生中之后，我才明白，以前人们对'自我''自己'之类概念的定义是错误的。真正的自我其实和自我意识无关……而是要包括更多东西，一些就算离开了你的身体，但依然和你藕断丝连的东西。"

我："听了你说的这个故事……我的确体会到了那种感觉。如果有一天我的手也会开口说话，我也一定会感觉很奇妙，而且……肯定会依然把它当成我身体的一部分来看待，毕竟再多的财富和珍品都没有自己的身体重要，是吧？"

她："现在你懂了吧？其实，做妈妈的感觉就是这样的。"

我："做……妈妈？"

她："是啊，做妈妈的感觉就是我刚才说的那样。如果把我刚才说的故事里的右手换成孩子，你就能够体会孩子对于母亲的重要性了。这种血肉相连的感觉，男人一般情况下是根本不会懂的。对于女人来说，孩子就是自己身体的一部分，是自己的一个器官，只不过那个器官有一天突然活了、能说话了，还离开了自己的身体。你可以想象一下，如果你身体的一个器官有一天活了，离开了你，你难道会不想念它、不对它念念难忘吗？当它离开家门，在外面闯荡的时候，你永远都会担心它去了哪里、遭受了什么、过得怎么样……那种紧张的感觉就像是对待自己的身体一样。为什么母爱永远比父爱要伟大？因为对女性来说，孩子是自己身体的一部分啊，是自己用身体的养分一点一点孕育、培养出来的，等他长大了之后，还要教会他读书，教会他写字，让他……变得和自己一样。可是男人呢？不会有这种感觉的，没有血肉相连过，他们的思维世界里自己依然是第一位。但是在女人的思维世界里，却是自己和自己的孩子才是完整的一体。这……就是男性和女性思维的根本性差异，在自我这个概念的定义上，男人和女人是不同的，男人是单体思维，女人是复合思维。”

我大吃一惊：“所以……你刚才说的那些故事……都只是……比喻？”

她：“对，那些不过是让你这个男人能够体会我们女人想法的一个比喻性故事而已……”

我：“那你刚才发我的照片……”

她：“那是我在网上随便找的。”

我：“好吧……不过，不管怎么样，真的……谢谢你了，你让我明白了很多。”

听完她讲述的故事之后，我陷入了深深的思考之中。回想从小到大妈妈对我无微不至的照顾，想到每次生病时她催我吃药，想到每次鞋带散开时她蹲下身帮我系上，再想到街道上一个个怀抱着小孩的母亲……那一刻，我突然有了一种醍醐灌顶般的感觉。

在某个瞬间，我居然为自己男性的身份而感到深深的悲哀。

不论多少年，或许男性始终无法走进母亲和孩子这种共生的牢笼里，永远只能作为一个站在门外的观察者，无知地看着母子之间的那些温馨而觉得似懂非懂吧。

男人和女人，那可不是性别的差异，而是两种思维模式的差异。

二十六、无药可解

还记得那是个雨天。

我和她在值班结束后从地下大门走出时，天开始下雨，等到她把值班的门锁上，滴滴答答、淅淅沥沥的小雨变成了滂沱大雨。

可惜的是那天她没有带伞，我倒是看了天气预报，准备了一把黑色的折叠伞。

她：“伞只有一把，两个人一起，将就一下吧。”

那时候我有些尴尬，说：“伞给你吧，我用书包挡一下就行，反正离公寓就几分钟的路。要是路上有人看到了，不太好吧？”

她顿时瞪大了眼睛，抢过我的折叠伞，打开后靠过来，不满又嘲弄地笑道：“电视剧看多了吧？一男一女一起打把伞走路就是情侣了？别废话了，快走吧！不然等地上积水了，到寝室鞋就湿了！”

于是，我们两人就这样打着一把伞，并肩在雨中前行，朵朵水花在我们的鞋尖上盛开，然后泛起层层涟漪。

这还是我第一次跟她打一把伞，更是第一次和她挨得这么近。

也许是雨幕总是能够让人产生自己和这个世界上其他人已经隔离开了的错觉，因此在这雨中，一开始我们还是聊着一些正经的事，但是随着时间流逝，我和她不免有了一些平时没有的交流。

她：“怪人社论坛的访谈怎么样了？”

我：“这几天我一直都在做啊，访谈了几个人，我都记录了。”

她：“嗯，这些记录可要保存好了。你把这些记录给萧晨老师，到时候财务工作会上咱们的项目才会通过，经费才能批下来。”

我：“我……尽力吧。”

她：“嗯嗯。”

雨下得越来越大，走着走着，我们的话题也转变了。

我：“最近有去看电影吗？”

她：“没有啊。”

我：“是吗？我听说最近有不少好看的电影。”

她：“都没人陪我去，我只好在网上看啊。”

我：“呃……你没有男朋友吗？叫他陪你一起去呗。”

她：“没有啊，为什么问这个……”

我：“呃……那个，我也没有别的意思，我只是想……像你这样可以说是完美的女性，追的人肯定很多吧，你说没有男朋友，我有点……”

她眯起眼睛来：“有点不相信？你觉得我有那么完美吗？”

我：“呃……我是真的觉得你很完美啊，你长得这么漂亮，我实在想不出有什么理由没男人追你……”

她笑了：“追我的人当然很多，可以说是太多了，各种方式来追的都有，塞小纸条啊、送水要联系方式啊，还有向我朋友打听的。但是，我实在是对他们没有兴趣……”

我：“为什么？那些人很糟糕吗？”

她笑着：“不，从其他女人的标准来说，那些男人很多都很完美吧，至少表面上看起来很绅士。可是，我对谈恋爱也好，对结婚生子也好，都没有什么兴趣。”

我大吃一惊：“啊?！为什么？是你……有别的什么追求吗？”

她：“那得看你觉得什么算是追求了啊。不过，我自己的理由很简单，我只是宁愿被‘病痛’折磨，也不想喝药而已。”

我：“病痛？你身体……生病了吗？”

她笑了：“不是，我身体当然没病，我说的病，指的是其他东西。”

我丈二和尚摸不着头脑：“其他东西？”

她：“我指的是人的各种行为背后的原因啊，打个比方，人为什么会想谈恋爱，说到底是荷尔蒙、多巴胺和羟色胺作用的结果而已，就是身体里自发产生了一种病毒，让你出现不谈恋爱就会产生‘寂寞难耐’病症的病毒。”

我：“把正常的生理现象比喻成疾病？”

她：“什么是正常？在我看来挺不正常的。一个男生和一个女生坐在一起，嘴对嘴，口水黏液混在一起，各种细菌啊，病毒啊都渗透来渗透去的，仔细想想不是很恶心吗？虽然谈恋爱的时候沉醉其中会觉得很享受，但是那只是通过‘亲吻’这一镇痛药来缓解被荷尔蒙干扰思维的痛苦而已。就像动物，很多动物发情的时候其实是很痛苦的，比如猫，它们发情的时候跟生病的症状是一样的，会痛苦地大叫、难受得身体颤抖，这些都是生病才会有的症状啊。公猫和母猫交配，说到底是在互相利用对方的生理结构，来治疗自己的疾病而已啊。”

我：“我从来不知道原来你心里是这么想的……”

她：“嗯……这些也没有什么好说的啦。其实除了谈恋爱，其他很多事都只是生病而已。比如有的人喜欢看恐怖片，就是把恐怖片当成了排解麻木情绪的解药，有的人喜欢跳舞，只是因为把跳舞作为发泄烦闷情绪的解药而已。就像抑郁症患者会有皮质激素、促甲状腺激素分泌障碍，普通人有时候会觉得寂寞空虚，他们就是临时的抑郁症患者，需要靠刺激的东西来促进身体内激素的分泌，像跳舞啊，去游乐园啊，去旅游啊其实都跟抗抑郁症药物是一码事，只是长得不太一样罢了。”

我：“可是，什么事都这么想的话不是很无聊吗？按照你的说法，除了吃饭、穿衣服、上厕所等生存必需的事之外，人类的很多活动和文化都没有什么意义了吧？”

她：“本来嘛，文化这个东西差不多就是这么回事，我想，最开始发明壁画或者雕刻之类的艺术的人，肯定是因为人生太漫长了，觉得没有什么事做，整天在山洞里面对着光溜溜的墙壁，闲不住了才想到动手的吧，你看，闲不住这种行为也是一种病啊。此外，你刚才说的话不全对，人穿衣服也不是必要的，除了保暖的衣服，很多时候穿衣服只是因为羞耻心吧。羞耻心这个东西很多时候也不过是一种病啊，稍微克制一下其实也没什么。人活着，就是不断寻找解药的过程，本质上，找对象是为了找解药，生孩子是为了找解药，吃饭也是为了找解药……”

其实我很想说既然羞耻心那么容易克制不如你脱下衣服来表演一下怎么样，但是最后我还是咳嗽了一声，忍住了说这番话的冲动。

我认真地问她："喂，所以……你是真的下了决心不打算谈恋爱吗？"

她沉默了一下，然后说："至少现在我觉得做那种事很无聊啊。不管是谈恋爱还是生孩子，或者接吻，都是生病了而已。当你冷静下来，恢复真正的自己的时候，就会觉得之前的自己真的是病得不轻，只有冷静下来的自己才是正常的。"

我："那你的家人呢？他们会怎么想？"

她一脸随意："我的想法就是他们的想法。"

我不明白她这句话是什么意思，但是我想，她的家人应该非常尊重她的想法吧。

那是什么样的家人，我无法想象。

我和她继续在雨中漫步，雨越来越大，风也越来越张扬，风雨迎面而来，吹打在我和她的脸颊上。用眼角余光不经意看她时，我能够看到她那瓷娃娃一样精致的脸颊上，正蜿蜒流淌下透明晶润的雨水。

我："那怪人社呢？创建怪人社也算是一种病吗？"

她突然笑了："是啊，你说对了，那也是一种病。说不定……等到哪天，我的病就突然好了。"

听到她的这番话，我的心中突然感到一丝疼痛。

没错，她就是怪人社的创建者。

她是版主，我当过一阵子的副版主。

当然，我之所以担起这份"重任"，纯粹只是个人兴趣而已。

怪人社是我和她最重要的联系，如果有一天她对怪人社失去了兴趣，就意味着我和她联系的纽带断裂了。

那之后，我还能跟她一起像这样漫步在雨中吗？

说到这里，我们突然都陷入了漫长的沉默中，就好像雨幕深处有看不见的人打下终止符。

几分钟的路，我却感觉好像走完了一段人生。

回到寝室后，我望着靠在墙角滴水的雨伞，打开笔记本，点开了论坛。

看着论坛版主，同时也是论坛头号怪人的网名，愣愣出神。

“她”。

这是她的网名，

她从来没有告诉我为什么是这个名字。

但是我曾为这个名字而痴迷。

只是，在雨中漫步回来的那条小路上我明白了一件事。

我对她的感觉也许永远得不到回应了。

如果不想恋爱也是一种病，我该怎么治好她？

二十七、离群索居

按照怪人社里的“档案记录”，她叫“孤独者”。

而且，她大概是怪人社第一个国外的访谈对象。

她让我感受到了什么是真正的孤独。

她：“你所能够想到的最深的孤独是什么？”

我：“嗯……大概是我打开微信，看到那个独自遥望着地球的小人的时候吧。”

她：“呵呵，你真有趣。不过，你说的这种孤独的确是非常的孤独了。但是，它还并不是真正的孤独，远远不是。”

我：“那什么样的孤独才是呢？”

她：“想一想，假如你被压在一块巨石底下，嘴巴被堵住了，眼睛也被蒙住了，你感到无比痛苦，你能够听到周围来来往往的脚步声，可是经过身边的人却听不到你的呼喊，这种孤独我觉得可比你说的那种孤独要可怕多了。”

我：“现实中好像有这样的例子……我记得某个隧道塌方被困的人就有这样的体会。”

她：“不是，塌方被困的人至少他的内心还有着被救援的期望，但是现实中，有些情况是真的孤独。”

我：“哦，比如什么样的情况呢？”

她：“假如植物人是有思识的，他能够听到别人说的话，能够感觉到别人触碰他，但是他不能睁开眼睛，不能动，不能把自己的想法说出口，只能憋在心里，那时候，他心里各种不断累积的想法、不断增加的欲望都会把他折磨得几乎发疯。就好像一个被困在囚室里的囚徒，囚室里还有一个不断膨胀的巨大气球，气球越来越大，不断占据囚徒的生存空间，最后，囚徒被死死地挤压在了墙面上，他无比痛苦，却一动也动不了，连自杀都做不到。”

我：“稍微想想那种场景，还真的是让人不寒而栗呢……不对，应该说，那种感觉能够让人窒息。”

她：“是啊，很可怕对不对？那种生在这个世界却又远离这个世界的感觉是非常可怕的。”

我：“不过，你说的这种情况更多的应该是无助，而且我觉得还是比不上一个人被困在一个离地球很远很远的星球更孤独。”

她：“我不想比较哪一种孤独更可怕，毕竟我也没有体会到被丢到宇宙深处的感觉，但是我知道很多人都低估了孤独的可怕。”

我：“你体会过孤独吗？”

她：“体会过啊，而且就算是现在，我也一直在体会。真正的孤独，应该是来自灵魂的孤独。”

我："来自灵魂的孤独？"

她："对，人是不能长时间孤独的。如果一个人长时间处在孤独的环境里，他会……慢慢失去自我。自我这个概念其实是要在社会里才能形成的，如果离开了社会，没人交流，就没有自我了。我搬到加拿大之前，对加拿大的环境是非常期待的，我觉得这里是个广阔的国度。一开始来到这里之后，我也是这么感觉的，但是住得久了，我却产生了另外一种感觉，那就是孤独。加拿大很大，很多住户与住户之间隔了几十公里，中间都是麦田，看不到一个人，甚至看不到一只飞鸟，那种孤独感甚至会让你忘记这种生物的存在。"

我："原来在加拿大是这样的……你的描述让我想起了电影《荒岛余生》和《南极绝恋》……那些电影里，主人公都是被困在一个极端的小环境里，周围几十公里甚至数百公里都是茫茫大海或者茫茫白雪，都是无人区……"

她："你说的这两部电影我都看过。其实《南极绝恋》还好，男女主角至少两个人还能交流，不会感到孤独，《荒岛余生》里的主人公那是真的孤独。"

我："确实是这样的，所以，佛教三类地狱之中才有孤独地狱啊。"

"是的，孤独的感觉有时候真的和身在地狱是一样的。"她说，"很多中国人移民到加拿大后都很难适应加拿大的环境，因为中国是个人口大国，城市里热闹喧嚣，随处可见来来往往的人，虽然你和他们之间没有什么交流，但只是看着他们在马路上穿行来往，心里也会感到一种莫名的欣慰，这是一种原始的同类认同感。一些移民到加拿大的人，由于对孤独的恐惧，甚至会打几十公里的车去车站，什么也不做，只是坐在车站的排椅上看着来来往往的人就满足了。”

我：“居然还有这样的人吗？”

她：“是的，我见过好几个了。加拿大的人口密度是每平方千米只有4个人，美国是每平方千米有35个人，而中国则是每平方千米有147个人。一个每平方千米4个人的国家，如果不考虑人口相对密集的大城市，在农村等偏远地区，人真的是非常稀少的。在加拿大，时间过得非常缓慢。”

我：“如果真要在那样的环境下生活很多年的话，我想我大概也会受不了的。”

她：“大部分人都会受不了，真的，长时间在孤独的环境下，你的思维会变得和平常不一样，这种情况不是你独自待在家里一两天或者自己闭门不出能够体会到的。如果你把自己关在一个山洞里几年，你就会慢慢感受到这种渗透式的孤独。你的脑子会开始胡思乱想，对什么东西都变得非常敏感，然后一些不好的负面思想会逐渐占领你的大脑，你会整天思考关于死亡的事，因为在一个人的世界里，不确定性是非常高的。一个人的时候，你会更多地关注自己，感受自己身上发生的每一个异变，身上的任何一丁点酸痛难受都会让你产生怀疑。哪怕你只是一直待在房间里，也会怀疑会不会今天晚上睡下去了，明天就再也醒不过来，你会担心明天会怎么样。而且更可怕的是，在一个人的世界里是没有时间概念的。”

我：“没有时间概念？”

她：“是啊，在一个人的世界里，你不需要工作，所以你不会再刻意去关注日期的变动，每一天都好像是一次循环而已。不像是在有人的世界里，你每天打开新闻都发现世界不一样了，在一个人的世界里，世界的变化是很缓慢很缓慢的，缓慢到你觉得今天和昨天都没有什么变化。而且，你知道时间和年龄是因为周围有人给你对比，你看到别人的皮肤变得枯燥了、有褶皱了，知道别人老了，于是知道自己也老了。可是在一个人的世界里，你没有一面了解自己的镜子，你甚至不知道自己老了。”

我：“孤独，会让人忘记时间……”

她：“其实也不是忘记时间，而是不在乎时间了，当然，这两者就结果来说是一样的。人的自我意识跟语言是分不开的，如果一个人长时间孤独，他甚至连语言能力都会丧失，一开始是说话结结巴巴，然后是不知道该怎么组织语言了，那时候那个人的自我意识就会很淡很淡了。”

我：“是啊，把人聚集在一起的除了利益，还有孤独吧。”

她：“就是这样的。你有想过吗？最初的生命从海洋爬到陆地上时，它所面临的是一片四下无人的荒野，那时候它并不知道自己的子孙后代会在这颗星球的陆地上延续数十亿年，它随时都可能面对死亡，可能一次地震、一道闪电、一次火山爆发、一次风暴就会把它摧残殆尽。如果它也能像人那样思考的话，那时候它该有多孤独？”

我：“是的，把一颗没有生命的星球变成有生命的星球，最初的那一批人肯定是孤独的。”

她：“所以啊，有时候我会想，地球上所有的生命其实在本能之中都有一种伟大的信念，正是这种信念支撑着它们忍受了多少亿年的孤独时光。人经常会问，活着是为了什么，活着的意义是什么，为什么人要活着。我想，生命的最终目标其实很简单，那就是——消灭孤独。”

我喃喃地重复着她的话："消灭孤独。"

她："是啊，消灭孤独，把世界变成一片乐土，这是一个多么伟大的工程？"

访谈的最后，我感谢她对孤独的描述，至少，她让我从更多的维度看到了孤独的容颜。

访谈结束后，我小心翼翼地问她："以后，我们还有机会谈话吗？"

她爽快地回复我说："当然了，只要是你我都孤单的时候。这个世界上最值得庆幸的事，就是在这个不眠之夜里，有很多人陪着你一起孤单。"

二十八、数学解体

有一次，我跟一位数学专业的老同学聊天。

我："你说，数学是严格按照逻辑和因果关系链来进行计算的，每一步的步骤都非常清晰，不存在跳跃、混乱或者模糊的情况，如果数学就像爬山，那么只要坚持爬下去，总会到达山顶，可是为什么还是会有那么多人不擅长数学和计算呢？"

他推了推眼镜架，说："拿计算来举例，最主要的原因在于人脑的疲倦性。在进行复杂的数学计算时，人脑的负荷会随着时间增加、计算量增大而增大，而且一次数学计算还需要进行反复记忆，在进行一些较长的数学公式计算时，如果你算到后面忘记了前面，就可能会在原地踏步。"

我："所以人与人之间的智商差异，很多时候是大脑疲倦度的差异而已，是吗？"

他：“虽然也存在记忆力、活跃性、思维模式和联想能力等方面的因素，但很多时候的确可以这么说。智力差距这个很多人用来构建鄙视链的词其实是错误的，真正的差距只是人脑疲倦度的差异而已。”

我这位朋友的话一度改变了我对数学和智力的看法，之后遇到的这位怪人，则是第二次改变了我的看法。

这位怪人的称号是“数学毁灭者”，听到他的称号我就感觉这个人非同一般，而和他展开对话之后我更是大开眼界。

他：“数学是人类最错误的发明。”

我：“啊？为什么这么说？”

他：“因为数学是量化的思维，它把这个世界给简化了。而且，它总是误导人的思维，把什么东西都拿来量化。”

我：“量化有什么不好吗？没有数学量化，就没有人类现在这么多的伟大发明吧？”

他：“可是，数学却把人和人的那种原始关系打破了。在一个群体内，人和人之间原本是一种不分你我的共生关系，是你中有我，我中有你的渗透关系，就像人体内的各种真菌一样，虽然它们是真菌，但是真菌也是参与人体功能的重要组成部分，你不能单独把真菌给分出来。那样，人也不再是人了。”

我：“这也不能归结到数学上吧，现代社会的分化本来是一种趋势啊……”

他：“但是你不能否认，金融和货币出现之后什么东西都可以靠钱来衡量了，一头猪多少钱？一头牛多少钱？一个鸡蛋多少钱？但是这个世界上是没有完全相同的两头猪或者两头牛的，用同样的价格来给两头不同的牛标价，你觉得这是公平的吗？”

我：“可是，对于一般人来说不会讲究那么多吧，至少用货币来结算很方便、很实用不是吗？”

他：“可是，那就会失去很多，比如，一头牛的肉质可能嫩一点，另一头牛的肉质可能硬一点，这就不一样吧？如果价格都一样，那么这两头牛的真正特性就是被简化了。”

我：“那也是。可是也有地方根据牛的肉质不同而定不同的价格吧？”

他：“肉质只是举个例子而已，两头牛不同的地方多着呢。比如说性别不同、年龄不同，又比如说得的疾病不同、营养不同、吃的食物不同、生活习惯不同、经受的锻炼不同。总而言之，用同样的价格来标注它们是一个非常简化的思维。数学在生活中体现最多的就是数量，数量就是侧重于一个‘量’字，可是，那是把很多东西给简化之后剥离出来的。比如，一根黄瓜和一根香蕉都是数字‘1’，可是它们的颜色、形状、重量、气味、成分等维度都被剥离了，最后只是抽取出了‘1’这么一个抽象的量而已。你看，数学就是一个因小失大的东西。”

我：“的确，一个物体有很多维度，像温度、湿度、味道等，如果只是拿出一个量来，肯定会把很多东西给简化的。不过人们这么操作，不就是因为比较方便而且实用吗？”

他：“实用是实用了，可是离真实的世界就远了。所以，追求数学是个逻辑上的陷阱，人类已经走进了一条歪路，你知道吗？”

我：“那真正的路该是什么样的？”

他：“真正的路就是不用分析的方式去看待这个世界，而是从整体上去把握它，这……就要用到人的直觉和情感才行。”

我：“用情感……去把握世界？”

他：“是啊，用你的情感去感知，用你的心灵去感受。你知道为什么有那么多大师选择打坐和冥想吗？因为他们知道数学和分析这条路是错的，他们选择了另外一条路去感受更真实的世界。”

我：“呃……”

他：“你是不是觉得很玄乎？其实并不是，至少，我觉得比用数学思维去感受世界好多了。这个世界已经被数学给污染了，什么东西都可以量化，什么东西都可以衡量。一个人的成就和影响可以靠点击率和论文引用度来评价，丈夫有没有价值可以用他赚的钱的多少来衡量，哪个朋友对自己更重要，也有人是看对方的金钱和权位级别……什么东西都被量化了，人和人之间那种最原始的真情实感被淡化、被溶解。量化就意味着定死，意味着丁是丁，卯是卯，意味着一切命运都被安排，没有了反抗的余地，一切都变成一潭死水。可是，事物是复杂的、是丰富的、是灵活的、是动态的，我们不该简化任何一件事物，我们……应该去发现每一件在别人看来一钱不值的物品的美。”

我：“你说的这些让我想起了一句话：我恨死了钱，可是我又离不开它。”

他：“唉，这也正是无奈的地方……可是至少有一件事我们是可以做到的。”

我：“什么？”

他：“别计较太多，不要因为一点点的利益就有患得患失的情绪。有时候你觉得自己亏了，其实是赚了，有时候你觉得自己赚了，其实是亏了。你所认为的亏和赚都是你笔杆下算出来的，可是，你看到人心了吗？”

一番对话下来，我可算明白了他“数学毁灭者”头衔的由来。事实上，我并不觉得他的话全部正确，甚至还觉得错得离谱，仿佛是讨厌数学的学生强行搬运的说辞。但是，不管他说的内容如何不受人欢迎，在访谈的最后，他留给我的那番话依然充满了哲理：“数字，可以描述今天的温度是多少度，却永远无法描述你的身体有多冷，更无法描述你的心此刻有多冷。”

二十九、新人类

和其他“怪人”一样，他也有一个称号。他的称号是“老人类”，他声称自己已经落后于时代，即将被淘汰。他的账号下的座右铭是：“新人类将淘汰我们。”

和他随便聊了几句之后，我开始进入正题：“你说你是老人类？新人类将淘汰我们是什么意思？”

他：“在回答你这个问题之前，我得先确认一下你是新人类还是老人类。”

我：“我？”

他：“对，我得先知道你是不是新人类。我问你，你喜欢看什么类型的电影？是那些慢节奏、经典的老电影，比如说《教父》《七武士》之类的，还是那些充满爆炸、快节奏剧情的好莱坞大片，比如《变形金刚》《哥斯特》等。”

我："呃……其实你说的这些我都看过。"

他："好。那如果现在电影院同时上映了《教父》和《变形金刚》，而且只能选择一部观看的话，你会选择哪一部？"

我："我想……我应该会跟随时代潮流吧，毕竟大片看的人多，也有话题性。"

他："所以你就算是新人类，而我算是老人类了。"

我："这就有点过了吧？事实上，可以选择的话我两部都会看看，只不过特效大片更适合在电影院看，不是吗？"

他："这不是值不值得的问题，而是节奏感选择的问题。"

我："节奏感选择？"

他："对，像我肯定无论如何都不会选择去电影院看什么《变形金刚》《速度与激情》这样的电影，因为那些电影对我来说剧情太过紧凑、节奏太快了，而经典老电影里的缓慢节奏让我感到更加舒适。"

我："这只是个人的爱好吧？"

他："呵呵，不是的，这是人类的一种进化。我之前和同龄人讨论过，他们都不喜欢节奏快的好莱坞电影，而是更喜欢文艺片，一些节奏缓慢但经典的电影，像是《情迷意乱》《放牛班的春天》等。但是，当我调查年龄比我们稍微小一些的人时，他们之中更多人喜欢枪战片和武打片。而到了更年轻的群体里，他们更加追求刺激，追求感官冲击，喜欢慢节奏电影的人越来越少了。"

我："这只能说明……年轻人更喜欢追求刺激吧？"

他："其实远远没有那么简单，本质上这是人类的大脑在快速地进化。"

我："你是说，人脑在适应快节奏？"

他：“对，就是这样的。年龄越小的孩子越来越能接受更快、更大的信息量了，我们小的时候能说一门外语就已经很了不起了，但是现在的孩子呢？不同时学两三门甚至四五门外语，都算不上精英教育。更可怕的是，现在的小孩子居然真的能够很轻松地接受那么多的外语。”

我：“现在的孩子……有那么厉害吗？只是个别吧？”

他：“不是个别，这个社会已经在适应这些有着更快的大脑节奏的新人类了。比如说，现在的很多视频网站都可以加速观看，一些视频可以加速2倍、5倍，甚至是10倍。我看过那些加速视频，2倍其实还好，但是到了5倍就基本看不清画面了，更别提10倍了。可是对于很多年轻人来说，2倍速看视频却是常态，而且甚至有些人可以用5倍速甚至10倍速的方式看视频或者听音频节目，那根本不是我们这些老人类能够做到的了。”

我：“我只尝试过用1.5倍速……不过也不是经常使用。”

他：“都会习惯的。如果你是新人类的话，只要一段时间都用加速的话，你反而会适应不了平常速度和慢速度的播放了，新人类的适应能力是很强的。现在很多评论网站都有人鄙视那些年轻人，说‘你们只知道看动作大片、特效大片，没有品位’之类的话，但是事实上，真正落伍的恰好是那些自以为慢节奏文艺片高尚的评论者，他们才是落伍于时代的人，因为他们的大脑还活在20世纪，早就不适应现在这个快节奏的新人类时代了。”

我：“我觉得你很有趣，你说自己是老人类，但是处处为新人类说话。”

他：“这是必然的，我这个人永远对新事物持有开放的态度。新人类将来是地球的主宰，我为什么要鄙视他们呢？”

我：“可是严格来说，20世纪和21世纪才不过那么点时间，人类不可能进化得那么快。”

他：“不，你小看了人类进化的能力，真就可以进化得那么快。尤其是人类的大脑，随着这个社会信息不断暴增，他们的能力也在不断加强。小孩的大脑有很强的弹性，他们从小就生活在信息爆炸的世界里，他们的身体在发生着异变，这种异变是基因之外的后天异变，是功能上的异变。谁都知道小孩的大脑有可塑性，如果从小就在快节奏的世界里被塑造，那么他们的大脑自然可以适应快节奏的世界。”

我：“照你这么说，我觉得自己已经是个老人类了。”

他：“嗯……依我看，你是在老人类和新人类的交界地带吧。”

我：“比起20世纪，现在这个社会的节奏的确要快很多，信息也在不断增加。可是如果以后信息爆炸速度慢下来呢？或者人脑再怎么进化，总是有上限的吧？”

他：“可能会有上限吧，毕竟我们这个时代，信息爆炸才刚刚开始，以后可能就算信息继续爆炸，新人类大脑能力的增强也会趋向于平缓。可是至少在很长一段时间里，拥有能够适应快节奏的大脑的新人类越来越多，这个趋势是不可避免的。如果你关心音乐界的话，可以发现现在美国Billboard音乐排行榜上的重音乐、快节奏音乐已经越来越多了，喜欢宁静的轻音乐、经典老歌的人却越来越少，这反映的就是人类进化的整体趋势。至于那些整天拿着经典和慢节奏说事的老人类，呵呵，迟早会被这个世界淘汰，就让他们继续自鸣得意吧。”

我：“……按照你的描述，未来的世界似乎很恐怖。我很难想象未来一群人都在用极快的速度对话……简直就像一群蜜蜂。”

他："可这就是现实，哪怕是现在，能说顺口溜、说快话的人也已经越来越多了。现在很多公司招聘新人，要求就是语言流利，这是新人类进入人类各大岗位的开始，未来的世界必然属于新人类。很多'80后'会嘲笑'90后'，很多'90后'会嘲笑'00后''10后'，但是事实上，任何老一代的人都没有资格嘲笑新一代的人，因为新一代的人只会更强、更聪明、更优秀。唉……老了，真是老了啊。"

和他的谈话结束之后，我一直在思考一个问题。

那就是他说的是不是真的就是社会的现实？至少，辩论术这个东西早在古希腊的时候就已经开始强调了，古人也在追求才思敏捷的人。当然，从比例上来说，现在这个社会的确对能适应快节奏的人的需求更大。

在最后，"老人类"还送了我一句让我深深思索的话："当你开始觉得这个世界变快了，那是因为你变老了。"

三十、科学之死

她：“悄悄告诉你啊，其实人类的科技差不多已经走到尽头了。”

我：“总觉得好像在哪里听到过这样的说法，你是科学悲观主义者？”

她：“是啊，我是很标准的科学悲观主义者，你看我的论坛注册名就知道了。”

她的注册名是“科学守墓人”，单看名字，的确像是个科学悲观主义者，认为科学的发展不会有前途。

我：“你是不是想说，我们的理论科学和技术发展越来越慢了？”

她：“呵呵，你也发现了吗？我们现在这个时代，不管是科学理论，还是技术，都已经发展得越来越缓慢了。虽然现在也有很多的科学现象没有解释，比如暗物质、暗能量、质子衰变之类的都还没有能够得到很好的理论解释，但是总的来说，现在最前沿的物理学已经发展得越来越缓慢了，连带着全世界真正投身于顶尖理论物理研究的人越来越少。而且，各种科学理论也变得越来越不像理论。”

我：“呃……不像理论又是什么意思？”

她：“就是越来越玄，越来越像科幻小说啊。比如说弦理论，其实是数学界的一套东西，如果运用到物理学中，虽然可以解释很多东西，但是弦理论是几乎得不到直接证明的。就算得到了证明，那也不过是科学家们自己小圈子的游戏而已，几乎不可能在短时间内转化为可以应用的技术。”

我：“可是未来的事谁能肯定呢？不管怎么样，话不能说得太死吧？”

她：“可是你想，人类目前在物理学前沿能够探知世界、验证假设的方法说到底就是那么三种嘛。第一种，察看天文现象。比如检测到黑洞的引力波来验证相对论，或者是检测超新星爆发来观测X射线，又或者是利用观测台来观测宇宙中的微波辐射等，用这种观测天文现象的方式来验证物理学理论，基本就是靠运气，运气好的话可能几年就能观测到黑洞吞并的现象，运气不好的话几百年都不会有收获；第二种，做各种高能实验。现在欧洲很多国家都在用对撞机来进行各种强子对撞实验，以此来发现微观世界的规律，但是这个也有问题，那就是想要知道越微观世界的秘密，需要的能量就越大，好比你掰一根筷子，一开始很容易，但是筷子越来越短，需要的力气就越来越大。按照目前的理论，就算把强子对撞机做成地球那么大，也未必能够发现什么东西；第三种，利用计算建模。我可以在计算机里把我现在所有的科学理论数据输入进去，然后模拟分子、原子等微观粒子的运动，如果它们能够像我们观察到的世界一样组织出复杂的系统，甚至是出现生命的话，那就说明我们的理论正确了。但是这个也得靠运气，因为不同模型的粒子的组合方式千千万万，谁也不知道哪种方式才能组合出我们现在的这个世界。”

我：“但不管怎么说，虽然你说的强子对撞机不太可行，但是另外两种碰运气的方法总还是可以的吧？”

她：“你说得很对，非常对，的确是可以。通过碰运气的方式，我们还是有可能得到一些验证物理学假设的数据的。可是你有没有想过，如果有一天，我们连假说都提不出来了呢？”

我：“提不出来假设？”

她：“对。假如人的认知能力达到了上限，提不出来更复杂的假设或者理论模型，那个时候，你说我们的科学是不是就走到尽头了呢？”

我：“这似乎有点杞人忧天的味道……你为什么觉得人类的认知能力会达到上限？”

她：“很简单，因为人的智力是有上限的。既然硬件有上限，那么认知当然也有上限啊。”

我：“你认为智力决定认知？”

她：“智力当然决定认知啊，至少决定认知的高度。在牛顿那个时代之前，有多少人能想到万有引力？在爱因斯坦那个时代之前，有多少人能想到广义相对论？认知是需要想象力和智力的啊。再举个更通俗一点的例子吧——下围棋，围棋棋手的积分都是有上限的，那就是4000分左右，比如说，世界有名的棋手李世石的围棋分数是3800分左右，柯洁则是3700分左右，这个分数基本就接近围棋棋手的能力极限了，越往上就越难。这是因为围棋棋手的认知水平已经越来越逼近极限了，我想极限大概就在4000分上下吧。”

我：“可是现在不是有围棋软件了吗？那些比人类棋手还要厉害吧？就算人脑有极限，计算机也可以辅助提高人类的认知水平吧？”

她：“是的，你说的没有错，计算机的确可以突破人类的认知极限，但是计算机也有它的认知极限。举例子来说，著名的围棋人工智能阿尔法狗零，它在自我训练4个小时的时候，分数就已经达到了3500分，而在36个小时之后才达到3800分，再之后，一直到第22天也没有太过显著的提高。这样的情况在另外两个版本的阿尔法狗身上也出现了，比如最初和李世石博弈的那个初版阿尔法狗，是在3500分左右达到了瓶颈，而阿尔法狗Master，则是在4000多分的时候达到了极限，阿尔法狗零则是在5000分左右达到了极限，之后阿尔法狗零的能力就一直趋向于缓慢，在之后的几十天里都很难有增长了。”

我：“这……说明了什么呢？”

她：“这说明以人类人脑的能力已经很接近认知瓶颈了，阿尔法狗初代是在3500分到4000分这个水平达到瓶颈，人类目前的最高分也没有超过4000分，阿尔法狗大师只是比4000分多一些，而阿尔法狗零的极限也没有超过5000分，说明认知的极限可能是一种客观存在的东西。不管你换多强的人工智能，哪怕你是外星人或者其他高级生命体，也很难突破某个客观存在的认知瓶颈，外星人可能会比人类稍微好一点点，但是也很难好太多。”

我：“认知的极限……是客观存在的？”

她：“对，这就是我想说的东西，认知规律其实是一个客观的东西，这是一个非常可怕的结论吧？不管是我们地球人，还是外星人，或者是人工智能，只要是智能生物，都必然会走上这条认知路线，而且到最后所有智能生物的认知都会卡在一个瓶颈上，就好像数学里的渐近线一样，你能够不断地逼近，但是逼近的幅度却越来越小。最开始我跟你说的科技停滞，尚且可以靠运气，或者造更大规模的对撞机来突破，可是现在这种认知极限却是几乎不可能突破的。你想想，阿尔法狗零只用了4个小时就达到了3500分的评分，而这可是自围棋发明以来人类花费了几千年时间才走到的分数，但是在那之后阿尔法狗零却花了40多天也仅仅只是提高了1000分左右，这似乎就暗示了人类的认知能力在未来将近24万年只能上升极其微小的一点。所以从某种意义上可以说，人类的认知已经到达瓶颈了，而认知的上限决定了科技发展的上限，认知都停滞了的话，科技又怎么能够发展呢？”

“科学守墓人”描绘了一个让人感到极其不安的未来图景，而且最最可怕的是，按照她给出的数据和逻辑，她所描绘的那种未来并非不可能。如果那一天真的到来了，那么人类又该如何去应对呢？如果人类的科技需要数十万年的时间才能突破极其微小的一点，那么，人类是该依然坚定着科学能够创造美好未来的信仰，还是放弃科技，追求艺术、人文主义或者游戏，回归田园时代呢？

至少在目前，科学没有能够给出答案。

三十一、疯子的诞生

他称呼自己是“知识老魔”，他说他的兴趣爱好非常广泛，对于任何领域的知识都兴趣浓厚，不管是物理学、医学、法律、政治还是文学，他都有一定的涉猎，虽然不能说每一门都精通，但是至少能够知道这些领域的一些比较主流的概念。

我：“你说你对各个领域的知识都有所涉猎，是吗？”

他：“是的。可是现在涉猎得少了，我甚至已经对各种各样的知识产生厌倦了。”

我：“啊？为什么？”

他：“以前我觉得一个人知识多了是一件好事，但是现在我才发现，知识是毒药，你拥有的知识越多就越痛苦。”

我：“为什么这么说啊？”

他：“因为知识会增加这个世界的不确定性。”

我："有点复杂……"

他："呵呵。这么说吧，我举个例子，有几百种疾病都可以导致腹泻、发烧的症状，从肿瘤到病毒感染、发炎，再到吃坏肚子。所以如果有一天你腹泻了，脑海里关于几百种疾病的知识都会一股脑儿冒出来，这样猜疑的可能性就增强了几百倍。也许最后去医院检查的结果不过是吃坏了肚子，但是在检查之前，你内心的那种痛苦却比你没有那么多医学知识的时候要痛苦得多了。小的时候，在你还没有那么多知识的时候，拉肚子根本不会想那么多，吃点止泻药就行了，但是知识增长了，你可以怀疑的对象也多了，这个世界对你来说变得复杂了，就不再那么确定了。"

我："啊！居然这么恐怖吗？"

他："是啊。有一段时间，我就被充斥大脑的各种知识折磨，晚上睡不好觉，都需要吃安眠药了。因为我总是忍不住要胡思乱想，比如盖着被子我总是会想，这条被子里有多少螨虫、有多少跳蚤、有多少细菌……那样一想，我就会产生类似于洁癖的症状，身上稍微有点发痒就会想象一只螨虫正在我的身体上爬动，它正在用它的肢节戳着我的皮肤，释放着会让我的肌肤受损的激素，那样一来，我就会拼命地用手去挠痒，结果这里挠了那边又开始痒，那边挠了另一个地方又开始痒……整个晚上，我就被自己的想象力折磨，痛苦得难以忍受。"

我："你说得我都开始浑身发痒了……"

他："呵呵，对不起，让你感到不舒服了，但是如果我不那么描述的话，恐怕你很难理解我的想法。"

我："看来知识多也不是什么好事……不过我觉得，你的情况是不是因为你的知识还不够专业呢？就像你刚才说的怀疑自己身体有病的情况，如果你的知识量和专业医生一样的话，是不是就不会有问题了？”

他：“再专业的医生比得过仪器吗？现在，哪怕是再专业的医生看病，都是先让你去用仪器检查一下，医生自己都相信仪器。如果你有一点不舒服，就去做检查，迟早变成疑病症。”

我：“这么说倒也有道理。”

他：“知识这个东西，再怎么也永远都不够专业，因为知识是无穷的。你学得越多，可以发现的问题和特殊个例就越多，内心反而更加不安。就像癌症，为什么现在癌症还是难以治疗，没有什么特效药？因为每个癌症患者的症状都不太一样，而医生不可能针对每个人的症状制造一种特效药啊。”

我：“也是，那除了医学之外呢？”

他：“医学之外也有很多啊。比如说，如果你对博弈论、金融研究太透了，把人的一切行为都用利益来计算和衡量，一开始那种人类与生俱来的感性美就淡化了，你会觉得世界变得很枯燥……就好像英文字母代替了优美的汉字，失去了后者那种形象的美。”

他想了想，又跟我说：“其实这种情况社会上已经很常见了。比如现在新闻动不动就说，吸烟会致癌、鸡肉会致癌、吃牛肉对血管不好、吃腌菜会致癌……甚至就连用化纤会致癌、喝矿泉水会致癌这种话都出来了。这样一来，我们身边的东西还有能吃的、能碰的吗？但是很多民众的确就是被那些所谓的专家的话给误导了，开始惶惶不安，这也不吃那也不吃。但是其实仔细想想，古人是怎么活过来的？古人难道就不吃肉、不吃腌菜、不吃烧烤吗？他们照样能够活到六七十岁、七八十岁，又有什么区别呢？”

我：“的确如此……不过，不能说所有的新闻都是错误的吧？总有一些是有一定道理的。”

他：“是有一些有一定的道理。但是广告这个东西很多时候都是夸张的，比如说，一种肉里有致癌物质，但是含量其实非常低，再不然就是其中的致癌物质进入胃里会被人体分解，但是广告里不会说，从而造成恐慌，这就是商人典型的利用人们恐慌心理的方法。”

我：“那些商人也太不要脸了。”

他：“呵呵，但是从本质上来说，还是知识带给人的痛苦啊。每一个知识概念，尤其是和科学相关的词，其背后往往都有利与弊两个方面，你知道的术语越多，那么能够伤害你的东西也就越多。在这个时代……知识太多，到头来你可能就会慢慢被逼成一个疯子，甚至是死于知识恐惧。”

和他的对话让我明白了知识的局限性，知识固然会给人带来很多的好处，但是它也不是不会给人带来负能量。因此，学会调节知识对我们造成的负面影响，似乎是一件迫在眉睫的事。

在对话的最后，他问了我一个问题：“你学过哲学，那么你应该知道，究竟是做一个痛苦的苏格拉底还是做一头快乐的猪更具有诱惑力。在过去，也许很多人会选择做痛苦的苏格拉底，可是在如今这个时代……呵呵，也许更多的人会选择做一头快乐的猪。”

三十二、不死不灭

可以说，和他相比，我之前所见到的所有“怪人”，都不算什么。

我：“听说你每天都在自己的办公室里打坐冥想，这是为什么？”

他：“为了锻炼我的决心。”

我：“……哪方面的决心？”

他：“死的决心。”

我：“呃……你是有轻生的念头？”

他：“这不是轻生，我只是在训练增强我做一件事的意志力。我要训练的这种意志力，不管是在死这件事上，还是其他事上，都非常有效。我要有一旦产生意念，就绝对要做成的决心。比如有天晚上我正要睡觉，突然想喝拉菲，那我就要立刻爬起来订机票，赶去法国喝到它。中间绝对没有一丝一毫的迟滞和犹豫，不管遇到什么困难都要去实现。我要把自己的意志力训练到这种程度才行，最后达到一旦我想要自杀，就绝对能够实现的地步。”

我：“你把自己的意志力训练得那么强……就只是为了死？那你为什么要死呢？”

他：“死不是我的目的，只是手段而已。本质上，我是要利用我的死，来威胁这个世界。”

我：“啊？”

他：“呵呵。如果我告诉你，只要我百分之百下定决心死，我就可以心想事成，你会怎么想？”

我：“我有点没法理解，为什么你下定决心死，就可以心想事成，这有什么必然关系？”

他：“你可能一下子很难理解，但是我举个例子你就会明白了。你见过那种熊孩子吧？当他想要什么，家长不肯满足他时，他就会又哭又闹，对吧？”

我：“是啊。”

他：“但是就算小孩子又哭又闹，他的家长可能还是不会满足他，是吧？”

我：“是啊。小孩子嘛，很多时候都是这样的，不可能一哭闹就满足他。”

他：“但是如果那个小孩对他的父母说，‘你们不给我买玩具，我就跳楼’，假设他用这种方法去威胁他的家长时，他的家长会不会还坚持不满足他呢？”

我：“你举的例子太极端了……”

他：“是啊，但是至少这种可能性很大不是吗？肯定有家长会因为害怕而同意吧？”

我："可是你举的例子，跟你想死又有什么关系？"

他："如果我说，这个世界是有意识的，我'以死相逼'去威胁'世界'，世界就会满足我的心愿，你会信吗？"

我："……我不太相信，你凭什么那么确定呢？"

他："不管怎么说，我就是想试试看，哪怕只是因为觉得有趣。"

我："有趣？不管怎么有趣，我也不觉得……靠杀死自己来威胁谁都算不上有趣吧。更何况，为什么你想死，这个世界就会实现你的愿望？而且你是怎么知道这个世界有自我意识的？"

他："其实我是从'量子永生'的概念里推导出来的。"

我："量子永生？"

他："你了解量子力学吗？"

我："多多少少看到过一点科普的知识。"

他："那我要解释就简单多了。量子力学是可以推导出平行世界存在的，而且平行世界每时每刻都在不断增加，我们每做一件事，都可以导致平行世界增加。比如我出门这个简简单单的举动，就可能诞生出两个平行世界，在一个平行世界里，我出门时是先迈左脚，在另外一个平行世界里，我出门时是先迈出右脚。"

我："你说的好像是'多世界'理论吧，我知道一些，现在很多电影都宣传这个概念。"

他："是的。简单来说，平行世界假设在告诉我们，像我们这样的世界还存在着很多很多。那么，我就推导出了这样的一幅世界图景：我们这个宇宙每分每秒都在分裂，任何可能的未来都是存在的。假设在某个平行宇宙A，我明天会出车祸，但是在另外一个平行宇宙B里，我明天侥幸地躲过了车祸，还去了KTV唱歌。"

我："是的，如果平行宇宙真的存在，那的确是可能出现那样的情景的。"

他："很好，那接下来我就要更近一步了。当我们刚才谈论'平行宇宙A的我出车祸'时，我们脑海里是想象出了一个'第三者视角'的，就好像在看A宇宙里的监控摄像头里的场景。但是事实上，从A宇宙的我的'第一人称视角'来看，我是不可能有第三者视角的，只存在自我感受、自我感知的第一视角。从A宇宙的我的主观意识出发，A宇宙的我死了后，宇宙不会再纳入他的感知范围内，也就是说，A宇宙在A宇宙的我死了之后，就对A宇宙的我失去了主观感知层面的意义。"

我："嗯……有点绕，但是我觉得这么说没有问题。"

他："你能明白就好。那接下来我们更进一步，如果我告诉你，'第一人称自我意识'视角，是个超越单体宇宙的概念，可以扩散到无数个多元宇宙之中，你会怎么想呢？"

我："自我意识可以扩散到无数个平行宇宙中？"

他："是的。其实'自我'这个概念有两个层次，一个是单体宇宙中的'小自我'，另外一个是无数多元宇宙中的'大自我'。'大自我'是无数个'小自我'的集合。比如说，在A宇宙中，我感受到自己出了车祸；在B宇宙中，我感受到自己在KTV唱歌；在C宇宙中，我感受到自己正在粤菜馆吃饭；在D宇宙中，我感受到自己正在商场购物……无数个平行宇宙里的无数的小自我，其实构成了一个大自我，而大自我，其实是不死不灭的。小自我遭遇死亡事件，不会影响大自我的灭亡。"

我："首先，我没法证明你说的大自我是不是真的存在，其次，从我们每一个人的小自我的主观视角出发，我遇到了车祸，终归还是会遇到车祸啊，我还是死了啊。”

他：“那你想过没有，A宇宙你的小自我出车祸死亡之后，会怎么样呢？”

我：“肉体都破碎了，当然是死了吧？”

他：“你还是太肤浅了。我说的不单单是肉体毁灭这件事，而是在问你，A宇宙里的你的‘主观感觉’到哪里去了？也就是A宇宙的我观察这个世界的‘第一视角’去了哪里？”

我：“既然人都死了的话，自然主观感觉也就消失了吧。就像你睡着了一样，什么也感受不到了。”

他：“不，这里开始你犯错了。”

我：“错在哪里？”

他：“当A宇宙的我死了以后，A宇宙的我的主观视角，会合并到B宇宙里去。”

我：“哦？！”

他：“现在明白了吧？大自我是永远存在的，它可以引导某个平行宇宙的小自我在自我的承载者，也就是‘肉体’这个承载物死亡之后，直接合并到其他小自我依然存活的平行宇宙里去。所以从A宇宙的我的主观角度来说，就是我在千钧一发之际躲过了车祸，然后顺利去了KTV唱歌。A宇宙和B宇宙的小自我，就这样合并起来了。”

我：“我大概明白了……这么说，你是想到了可以让小自我跳到其他平行宇宙的办法？”

他：“你可算是开窍了！没错，我已经想到了！”

我：“哦？什么办法？”

他："我要把自己量子化。"

我："啊？把自己给量子化？"

他："呵呵。对，就是把我自己给量子化。你知道薛定谔的猫吧，一只猫被关在了黑箱子里，箱子里有通过随机衰变激发的放射性化学毒物，因为那放射性毒物是靠微观层面的随机反应随机产生效果的，所以这只猫有50%的概率被杀死。但是对于箱子外面的人来说，在打开箱子之前，猫是死是活是无法知道的，所以可以说是既死又活的'量子叠加'状态。而我，也在想办法把自己给量子化。"

我顿时有些感兴趣了："那你是怎么做的呢？"

他："其实办法很简单。我先制造出'薛定谔的病毒'，然后，让我自己的生死和'薛定谔的病毒'捆绑在一起。如果'薛定谔的病毒'死了，那么我也会死。如果'薛定谔的病毒'没有死，那么我也不会死。这样，'薛定谔的病毒'是既死又活的状态，那么我也是既死又活的量子人了。"

我："'薛定谔的病毒'又是什么？"

他："就是利用激光，让一个病毒进入生和死的叠加状态。病毒是比较小的生命体，对吧？目前人类的科技，只能够让病毒进入量子态，还不能够让更大的物体进入量子的叠加态。但是，一个病毒进入叠加态，也已经够了。你想，如果一个病毒可以进入既生又死这种奇妙的叠加状态，那么，我把这个特殊的病毒放在一个一个特制的实验箱里，把这个实验箱设置成自动检测装置。如果病毒的状态被检测到，这个实验箱就会自动发射出信号，而我的身上装一个特制的信号接收装置，一旦这个装置接收到了病毒信号，就会立刻爆炸，我则会被炸死。你想，这样一来，我是不是就变成了生和死状态叠加的量子人呢？因为病毒的生死状态是叠加的，而我的生死，是由病毒的生死来决定的，我就是货真价实的量子人了，是不是？”

我：“嗯……这在逻辑上，好像没有什么问题。”

他：“现在你相信我了吧？只要我变成了量子人，我就可以心想事成了。不管我许下什么样的愿望，我都可以实现。而且，更神奇的是，这个世界上，将再也没有人能够杀死我。哪怕这个宇宙的我的小自我意识消失了，它依然会合并到其他我的小自我还存在的平行宇宙里去。如果这种小自我的合并情况一直持续下去，我就真的无敌了。从A宇宙的我的角度来说，我可以随心所欲，我想怎么样，就可以怎么样。”

我：“等一下，这我就有点不明白了。你之前说的办法，只能让你变成量子人，但是怎么能够让你心想事成呢？”

他：“很简单啊。当我变成量子人的时候，我只要下定了决心，就可以随时引爆炸弹。而量子状态下，我分裂的宇宙也变得无限多了。那些我死了的宇宙，失去了意义，但那些小自我会在其他宇宙里存活下来。只要我的内心足够坚定，我对这个世界说：除非你满足我的心愿，否则我就会不停地死。只要我的要死的信念度无限接近于百分之百，那么，因为量子永生效应，我最后一定会进入一个我满意的世界，然后才停止死亡……也就是我的小自我会一直合并，一直合并……一直合并到一个因为满足了我的需求让我喜欢到不想死的美好宇宙里。你看，逻辑就是这样，非常严密，也没有什么难懂的地方吧？”

我：“那你现在……已经做到心想事成了吗？”

他：“这个还没有，因为我还在训练意志力的阶段。根据我的理论，我想要达到心想事成的地步，需要非常强非常强的意志力，我现在还在修炼的路上呢。”

他说的一切总让我有一种在开玩笑的感觉。但是，他的想法可怕的地方在于，他所说的所有技术和设备，都是这个时代已经存在的。不管是薛定谔的病毒，还是信号发射装置、信号接收装置，以及自爆，靠现在的技术已经完全可以实现。

如果他的理论是真的，那么，他也许真的就能心想事成。

可是……

我：“可是，你为了满足欲望而死，这说明，你对这个世界还是有留恋的吧？这样一来，你对死的信念度，不是永远都达不到百分之一百吗？”

他：“所以除了意志力，我现在还在锻炼另外一个东西。”

我：“另外一个东西？是什么？”

他：“坐忘。你说的情况我也已经考虑过了，为了避免欲望对死的念头产生干扰，我必须要学会忘记自己的欲望才行。这就需要坐忘的能力。而我现在，正在修行的途中呢。”

至此，我再也无话可说。

也许是我对他所提到的那些领域研究不深，无法判定真伪。又或者，他的理论逻辑太过自洽，以至于我需要花费更多时间来思考、反驳他。

但是，我最最希望的是……如果他说的一切都是真的，那么，心想事成是不是就不是愿望了？

三十三、来自仙王座的外星人

他："我是外星人。没错，我就是外星人。"

他的怪人头衔是"仙王座α星人"，签名里他声称自己来自仙王座，而且到地球上已经有将近30年的时间。

我："就像你的头衔说的，你来自仙王座？"

他："准确地说是仙王座α星，也叫天钩五，那是一颗质量比太阳大，也比太阳更热的恒星，而且我们那颗恒星的自转速度非常快。这种高速自转的现象，其实是我们在向宇宙中其他文明发送信号，外星文明之间是通过周期性地改变恒星的自转速度来互相传递信息的。"

我："就像是一座旋转的灯塔？"

他："对，就像是一座旋转的灯塔，向不同的方向放出不同频率的光芒，指引海上迷途的航行者。"

我："呃……也算是很有意思的想法。你以前写科幻小说吗？"

他："这不是什么科幻小说，我跟你说的是认真的，我的确不属于这个星球。"

我："好吧……那我也跟你认真说……你来我们星球是为了什么？"

他："避难，我来地球是为了避难的，我所在的那颗星球现在已经不再适合我们居住了。"

我："能问问为什么吗？"

他："因为我们生存的那一片宇宙空间'腐烂'了。"

我："腐烂了？你是说宇宙空间还能够腐烂？"

他："空间的确会腐烂。用我们的词来说是腐烂，但是用你们人类的语言来说就是物理法则崩溃。"

我："物理法则怎么会……崩溃呢？"

他："我问你一个简单的问题吧，你觉得宇宙中的物理法则是均匀的吗？"

我："嗯……我想应该是均匀的吧？不是有很多证据吗？"

他："的确有一些证据，比如说，宇宙微波背景辐射证明宇宙在极大程度上是均匀的。除此之外，还有你们对雷夫斯达尔超新星镜像的观察，也可以证明宇宙的物理法则是均匀的。"

我："对不起……后面那个镜像我没听懂。"

他："就是恒星的镜像。这么说吧，你知道万花筒吧？在万花筒里，你可以看到一个物体的多个镜像，宇宙中也有这种镜像，那就是引力透镜。当一颗恒星被一个黑洞挡住的时候，恒星发出的光就会被扭曲。本来恒星的光是走直线到达地球的，但是由于中途被黑洞的引力扭曲了光的路径，导致原本笔直的一束光扭曲弯折了，这些绕过黑洞的光因为被扭曲，所以会从几个方向照射到地球上，在地球上看来，就好像一颗恒星出现了分身术一样，分裂成了4个甚至更多，这就是引力透镜。你们地球人类早在雷夫斯达尔超新星爆发之前，就已经预测了它大概的爆发时间，而且还通过预测黑洞的运行轨迹，预测了它的一系列镜像出现的时间。人类可以预测宇宙中天体未来的演化，所以可以认为宇宙中的物理法则是均匀的。”

我：“这倒是蛮有道理的……不过既然宇宙的物理法则是均匀的，为什么你还说你们那边的物理法则崩溃了呢？”

他：“因为宇宙的物理法则均衡只是在大部分地区的均衡，但是在一些小的局部地区却可能随机出现不均衡的情况。而我的文明所在的地方恰好是一个不怎么均衡的地方。一开始，我们那边的物理法则跟你们太阳系是一样的，但是后来某一天我们那边的空间却突然出现了异变。”

我：“异变？”

他：“这个说起来就有点复杂了，通俗点说，就是我们那边的空间更容易出现质子衰变的现象。”

我：“质子衰变？”

他：“对，就是质子衰变。本来质子是一种非常稳定的重子，一般是不会发生衰变的。质子的寿命甚至可以达到10^{1000}年，远远比宇宙现在的年龄要长。但是，在一种被你们人类称为X玻色子的粒子的摄动下，质子还是可以发生衰变的。X玻色子是一种可以把夸克和轻子耦合起来的粒子，一般来说，三种夸克可以构成一个重子，所以在X玻色子的作用下，被耦合起来的夸克和轻子可以组成新的重子，这样就会导致在一个原子之中重子数不守恒，如此一来，质子就不再是最稳定的状态了，它会出现衰变。在正常情况下，X玻色子因为能量不够还不足以导致质子衰变，但是由于我们所在的那一片地区有一部分的粒子特别热，导致轻子会转变成夸克，然后成为重子，这样一来，原子内部的重子数守恒就被打破了，导致了质子衰变。于是我们那片空间里的物质开始变得像太阳一样，能够自己释放出电子，自己发光发热了，在那样的环境里，任何生命都没有办法存在。”

我：“呃……说实话，我已经几乎听不懂了。不过，你说你们那边的粒子特别热，这是为什么？”

他：“大爆炸初期，宇宙中的粒子也是很热的，简单来说就是电伏很高、能量很强。”

我：“为什么会有那么强的能量呢？”

他：“普朗克常数的变化。根据量子涨落公式，普朗克常数越大，时间一定的情况下能量就越大。假如宇宙常数发生了变化，那么粒子的能量变大就是可能的了。你们地球是幸运的，目前这种常数的变化还没有出现。”

我：“其实我还是不太听得懂……”

他：“这么说吧，你可以把宇宙空间想象成围棋棋盘上一个个的小格子。本来，每个格子的大小都是一样的，但是有一天其中一个格子突然间变大了，就好像围棋规则被人修改了一样。”

我：“是吗？可是为什么格子会变大呢？”

他：“原因是维度的扩展。根据我们的研究，宇宙的很多高维度一开始都蜷缩在普朗克尺度的空间内，那是一个非常非常小的空间，但是有一天，这些维度突然开始像章鱼触手一样缓缓展开，向着周围延伸了，于是整个空间就变大了，这就是质子衰变的根源。目前，我们根本没有办法阻止这种衰变的发生。”

我：“听起来……就好像是某个造物主在修改规则似的。那这种现象会不会在地球上发生？”

他：“不知道，没人能够保证，也许永远不会发生，但也许明天就会发生。你们地球人能够做的就是祈祷，祈祷那种现象永远都不要发生。地球不单单是你们地球人和地球生物的家园，也是我们仙王座人的家园。如果有一天灾难到来了，我们会和你们一起面对。”

他的话让我产生了莫名的感动，他说的那些理论化的东西我基本只能听懂三分之一。或许他只是在跟我开玩笑而已，或许他是在讲述他编造的小说里的情节。

可是那又怎样呢，至少，他是个精神上的外星人。

三十四、万物有灵

那天下着小雨，我和他一起回宿舍。他并不是我采访的怪人，而是我的朋友，但是他喜欢别人叫他“魔法师”。

在一起回去的路上，他笑着问我：“你相信这个世界上有魔法吗？”

我直截了当地说：“不相信。当然不是从来不相信，小时候还是相信的。”

他：“为什么不相信呢？”

我：“这么说吧……根本原因还是因为科学发达了，很多以前不能解释的神秘主义现象，现在都可以得到解释了。比如说什么炼金术、炼丹术啊，现在说起来其实就是化学反应，是炼药或者化学萃取、提炼之类的过程而已。把普通的石头变成金子这种事情，根据现在的研究必须要核聚变反应才有可能吧，靠什么炼金术是绝对不可能的。”

他：“所以，如果我说魔法是一种感觉，你同意吗？”

我：“一种感觉？”

他：“是啊，难道不是吗？魔法说到底就是一种神秘主义的感觉。试想一下，如果有一个古人来到现代的世界，当他看到了列车、汽车、飞机、电脑、电话的时候，是不是会产生这些东西都是魔法的奇妙感觉呢？”

我想了想，说：“肯定会产生这样的感觉吧，别说是古人了，就算是我，有时候看到新闻里公布的最新的科技产品，也会有一种仿佛魔法般的感觉。”

他：“所以说魔法就是一种感觉而已，一种神秘主义或者说是大脑里带着点未知色彩的一种‘好神奇啊’这样的感觉而已。如果失去了这种感觉外衣，魔法就不是魔法了。”

我：“你的形容算是比较贴切了，的确是这样的。”

他：“像炼金术、炼丹术啊，说到底其实就是现在很多分类科学的雏形而已，只不过还不成系统，带着很多臆想的色彩是吧？换个词，称之为‘不完善的科学’或者‘早期的科学’也不为过吧？”

我：“是啊，差不多可以这么说啦，一般人都会这么想吧。”

他：“所以有的时候，当我们看到有人在讨论魔法大战科学的时候，难道不觉得可笑吗？把魔法这个词稍微翻译一下，其实就是‘未知的科学’或者是‘带着神秘主义色彩的科学’，本质上还是科学大战科学。这么一翻译，就会觉得那些讨论魔法大战科学的人很没有水平，是吧？”

我：“嗯……我想那些讨论魔法大战科学的人还是把魔法当成一

种风格吧，大概就像是蒸汽朋克、赛博朋克那样的风格。”

他：“嗯……也可以这么说。但是如果认真讨论这个话题，甚至还为此引起争论的话就很可笑了吧？科幻大师亚瑟·克拉克说过，任何超过时代的科学看起来都跟魔法无异，魔法其实可以有和科学相同的内核的。”

我：“你说的话似乎都在反驳魔法，可你不是经常说自己是魔法师吗？”

他：“这正是我要说的地方。我之前反驳了那些支持魔法的人，而现在我想要反驳的，恰恰是那些支持科学的人。通过两次反驳，我才可以提出一种新的观念。”

我：“哦？反驳支持科学的人？”

他：“就是这样。其实科学和魔法是一体的，它们可以被看成是一种东西。你想想看，最初的炼金术是不成体系的化学，是被蒙上了神秘主义色彩的化学技术，但是后来化学家通过对元素的研究，把它们给量化了，开始用公式表达，于是就被人们认知了，褪去了神秘主义的色彩，从魔法变成了科学。”

我：“嗯……”

他：“可以说，科学的部分本质就是量化，就是精确，就是清晰，把这个世界看得清清楚楚的，丁是丁，卯是卯，没有了神秘主义藏身的余地。就像日光下的房间，空空荡荡、干干净净，什么都看得清清楚楚，一点影子都没了。”

我：“就是这样啊，越是科学，魔法的阴影就会越淡。”

他：“可是……真的是这样吗？事实上有一个问题始终没有人回答。”

我：“什么问题呢？”

他：“那就是这个世界的基础究竟是什么。科学看似把这个世界量化了、精确化了，构建了各种各样的模型，像是分子、原子，还有更小的亚原子、粒子等。是的，科学很伟大。可是更根本的一个问题却没有解决，那就是分子究竟是什么？有人或许会说分子是一种粒子，可是这就是一种循环论证式的回答，没有回答分子是什么的本质。”

我：“呃……那你认为，要怎么样才算是回答了呢？”

他：“科学太注重还原和数学的方法了，但是数学在一些问题上根本还是有问题的。比如说，没有人能够回答数学几何中的‘点’到底是什么，点是一个空间中无穷小的坐标，可是这没有从根本上回答什么是‘点’，没有一个数学家能够完美地回答，‘点’的本质是什么。‘点’这个东西似乎是本来就存在的，似乎是理所当然的……可是，这种默认的东西怎么能够当作严谨的数学和科学的基础呢？”

我：“按照你的说法，如果不用科学的方法，那怎么来解释这个世界？”

他：“如果采用神秘主义的方法的话，其实很简单，那就是……‘万物有灵’。”

我：“万物有灵？”

他：“这个说法估计会惹很多人笑话。但的确就是这样，既然科学的基础是不确定的，充满了神秘色彩，那么索性就采用神秘主义的方法来解释就行了。万物有灵有时候就是最好的解释方法，这个世界上的一切都是有‘灵性’的，不管是一个人还是一块石头，一棵草还是天空中的一朵云，它们都有着自己的灵性。至于数学，只是描述这种灵性的工具而已，并不能够解释为什么有灵性。灵性是万物的本质，是必然的。”

我：“那……灵性是个什么样的东西？”

他：“不好说。但是我自己的理解，有点类似于‘主观意识’，我认为这个世界上的一切东西，不管是小到粒子还是大到宏观的物体，都有主观意识，只是强弱的差别而已。事实上，如果你看到过白细胞杀死入侵体内的病毒的画面，就会觉得白细胞在某种程度上真的很像是一个国家的士兵。它们也有组织、有秩序，甚至表现出某种目的性和针对性，这就是一个个简化版的人啊……”

我：“可是到微观世界就不是了吧？”

他：“微观世界也是啊。自组织现象的研究现在在科学领域很热门，比如在纳米材料的制造上，就是运用了自组织的现象。现在瑞士的一些材料学家制造智能材料的时候，只需要把一堆自组装的胶体堆积在一起，不需要施加太多压力，只要稍微制造点环境，那些胶体就会自己组合成材料学家们想要的材料，就好像广场上自己按照秩序排队的学生一样。这很神奇吧？就像变魔法一样。”

我：“现在的科技已经发展到这个程度了吗？”

他：“就是这样。微观世界的很多物质自身就已经具备了某种‘灵性’，只要条件支持，它们就可以自组织成某些结构或者系统。所以从这个角度来说，生命的诞生几乎是必然的一件事。什么无机物、有机物，本身就是个错误的划分，一切物质都有灵性，根本不存在严格的生命体和非生命体的划分。”

我：“如果你这么理解的话……似乎也不是不可以。的确，如果承认世界是有灵性的话，那么魔法和科学就没有什么分界上的鸿沟了，魔法可以是科学，科学……也可以是魔法。”

他笑了，抬起头望着前方的绵绵雨幕，说：“就是这样。你看，就像这场小雨，每一个雨点里都包含着一个灵魂，也许每一滴雨，都是一个雨之精灵。”

我顺着他的目光望去，绵绵的雨丝覆盖了整个世界，灰暗的城市弥漫着一层白茫茫的水雾。

伸出手，一道冰凉的雨丝轻轻地落在了我的指尖。

我低头一看，看到一个可爱而又漂亮的“雨精灵”在我的指尖上跳舞，她仿佛在笑着对我说：“你好啊，这个世界上的一粒尘埃。我可爱吗？你喜欢我吗？”

三十五、空虚巨兽

我该怎么形容他呢？

从某种意义上来说，他是我的精神导师，也是我最好的朋友，同时，我想他是我见过的最聪明的一个人。

他说他患有原发性侏儒症，虽然这种疾病不会影响到他的智力，但是导致他身形矮小，早已过了青春期的他，外表看起来就像是个小男孩。但是我知道侏儒症的人就算身体矮小，脸蛋还是会变老的，但是在他的身上，我却看不到一丁点面部变苍老的趋势，他就连五官看起来都像是个普通的孩子，不知道是因为他天生娃娃脸，还是他保养得好。

他有没有别的名字我不知道，但是他的网名叫作“蓝先生”。

有一次他难得地来医院，我给他泡了一杯茶，然后和他在茶室里聊了一下午。

大概是聪明人身上总有一种看不见的气场，和他面对面而坐，浑身感到不自在的反而是我这个接待员。

他举起手中的茶杯，向我微笑道："我想你应该是渴了，人在紧张的时候，总是会感到口渴。以前的我也经常这样，所以我总是喜欢随身携带一点掺了金盏花的伯爵茶。只要选择正确的饮茶时间和心情，就会感到好极了。"

我："谢谢了……看来你是个品茶大师。"

他："呵呵，我可担当不起什么大师的头衔，我只是个喜欢在下午茶时间喝点伯爵茶，然后偷吃点乐果夹心饼的不起眼的小角色而已。"

我想了想，道："蓝先生。"

蓝先生微微一笑，这次他没有说什么。

我："蓝先生，你今天怎么有空来医院了？"

蓝先生笑了："哦，你知道……我是个喜欢忙里偷闲的人，对于像我这种恨不得变出几个分身的大忙人来说，这个幽静的处所是最好的避风港。而且，我也很喜欢你。"

我顿时感到脸上一热。当然，我知道蓝先生说的喜欢没有别的意思，他是站在某个极高的高度上说的这番话。他所说的喜欢，指的是欣赏。

顿了顿，蓝先生笑道："人都是会空虚的，不是吗？有时候一个人独处久了，空虚了，就会忍不住到处走走，去有人的地方看看。"

我："是啊，是这样的……有的时候一个人待久了，就会莫名其妙地感到空虚，好像自己慢慢地被这个世界孤立了一样……那时候就感觉自己不管做什么都没有什么兴趣。而且，想睡一觉解闷吧，一想到睡醒了之后还要继续面对这种空虚感，就有一种害怕的感觉。”

他：“很多时候，我们需要适应这份空虚。空虚是一头怪兽，去接触更多的人，去外面的世界，接触更多的新鲜事物，我们的心总是能够充实一些。还有，也别忘了看书，书是有魔法的，看书其实是在和思想家们的灵魂对话。每当我看一本好书时，总是能够感到内心的空虚怪兽离我远些了。”

我：“……”

他：“你好像有心事？”

我：“嗯……蓝先生，其实……问题就在于我最近看书多了，特别是哲学书，所以产生了一点疑问。”

他：“嗯，说吧。”

我：“是不是……一个人越聪明、知道得越多，就……越是容易产生自杀的倾向呢？”

他饶有兴致地说道：“是什么让你产生了这样的想法呢？”

我：“我了解了一些哲学家的生平故事，然后发现很多哲学家、思想家最后不是疯了就是自杀了。苏格拉底不说……至少赫拉克利特、恩培多克勒、第欧根尼、芝诺、德勒兹、康托尔、玻尔兹曼、图灵、戈尔兹、拉季舍夫等人是这样，维特根斯坦两次自杀未遂，尼采也疯了……所以我想，是不是人的思想达到了一定的境界，就会……产生自杀的想法？”

他：“你要记住，不管什么时候自杀都是最糟糕的选择，死亡是一件非常严肃的事。可以想象，那些选择了自杀的人——不管是什么人，他们在生前都承受了极大的痛苦，而那些喜爱和爱戴他们的人也必将承受这份痛苦。而且，你所知道的那些人并非史实。事实上，比起其他领域有才华的人，选择这条路的哲学家其实要少得多。你要知道，这不是哲学家们的常态，更不是哲学的本质。”

我：“可是……哲学的本质是什么呢？”

他：“在不同的人眼里，哲学有着不同的本质。有人说哲学是爱智慧，也有人说哲学就是智慧或者是追求智慧。这些说法我都很喜欢。可是我想只用这些来描述哲学是远远不够的，当追求智慧的时候，我们是不是该重视其他的一些东西呢？比如说，我们的心灵世界？又或者这个让我们痴迷而又苦恼的现实世界还有我们的生活？”

我：“我们的生活？”

他：“是的，死亡固然有它伟大的地方，比如它可以给我们一个哲学的起点，可是，它却无法告诉我们哲学的终点在哪里。”

我：“为什么死亡给哲学提供了一个起点呢？”

他：“你要知道，历史上不计其数的哲学家们都在尝试着寻找一个确定无疑的真理基底。比如笛卡儿先哲曾经认为，怀疑是一切的起点，这个世界上的一切事物都可以怀疑，例如有个可怕的恶魔控制了我们大脑，给我们灌输各种奇奇怪怪的画面，让我们以为生活的这个世界是真实的。既然一切都是可以怀疑的，那么这个世界上总有什么是不能怀疑的，那就是‘我们正在怀疑’这件事。但是也有其他哲学家认为怀疑并不是一切的起点，死亡才是。正是因为死亡的存在，我们才能够意识到自己的存在，死亡让生命更加真实。你能明白吗？”

我：“我明白了……除了怀疑之外，死亡也能够为真理奠定一个基础。”

他：“是的，可是也就仅此而已了。真正值得我们孜孜不倦去追求的，是我们的生活。哲学最终的目标只有一个，那就是告诉我们如何去热爱生活、热爱自己，而不是去摆脱它。在飘香的麦田里放飞风筝，在严冬的火炉旁和朋友们一起歌唱，在弥漫着雨水的花季里奔跑，那才是哲学，才是生活，是你该有的生活。”

我喃喃道：“热爱生活……蓝先生，现在我明白为什么你会在百忙之中抽空来到这里陪我一个下午的时间只为喝一杯茶了。也许，我从来都没有真正理解哲学。”

蓝先生笑了起来：“生活是不容易的，这个世界上有很多人选择了放弃它，可是我不希望你成为那样的人。”

我：“谢谢你的这番话。我想，如果在这个世界上要选一个人代表哲学的话，那么那个人必然是你无误了。”

他：“我？哦不，我可没有自大到那个地步。可是如果只是这一刻，如果只是一秒钟，你愿意把我当作哲学本身的话，我想送你几句话。”

我：“嗯。”

他微笑着看着我，却用一种语重心长的认真口吻，缓缓地说：“不管什么时候，自杀都是最糟糕的选择。我所做的一切，都只是为了使你快乐，如果你不快乐，那么我所做的一切都没有意义。”

如果你不快乐，那么我所做的一切都没有意义。

这是我这辈子听过的最感动的话。

我永远不会忘记这句话。

我想，即便走遍世界，我也不会再找到第二句比这更让人感动的话了。

因为，这就是生活啊。

三十六、宇宙社会学

在我打过交道的人之中，既有研究所谓的“天道”“真理”的，也有研究从日常生活的细微之中挖掘出背后大世界的。而我这次要说的这位“怪人”，他所擅长的则是研究介于“天道”与“物理”之间的社会学规则，当然，他口中提到的社会学规则可不仅仅局限于人类社会。他在“宇宙文明”方面拥有独到的见解，有时候他称呼自己为“文明观察者”。

用他的话来说，他研究的是宇宙文明之间的社会关系。

他：“《三体》看过吗？”

我：“看过啊，这么火的书，基本上喜欢看书的人都有所了解吧。”

他：“《三体》是一本好书。”

我：“那当然，那本书拿了那么多的奖，而且公众知名度和评价都那么高，当然是好书了。”

他："你似乎有根据别人的判断来做出自己判断的习惯。"

我："那……不是这个意思，我也看过《三体》，很喜欢。不管是我自己的判断，还是别人的口碑，都可以证明它是本好书。"

他："那的确是本好书，但是也不够好。"

我："哪里不够好？"

他："《三体》这本书，里面的物理漏洞很多。但这些都不是问题，因为《三体》最大的亮点，是里面的黑暗森林法则。《三体》里提到的黑暗森林法则，说外星文明之间会存在猜疑链，因为都不知道对方会不会对自己有杀心，所以我一旦发现一个外星文明，要做的第一件事就是立刻消灭这个文明。"

我："对啊，这个理论……当时我看了也觉得眼前一亮，有点颠覆世界观。"

他："这个理论的确很有意思，但是……它不够完全，这也是我认为《三体》这部作品可惜的地方。"

我："不够完全？指的哪方面？"

他："就是黑暗森林法则展现出的宇宙猜疑战争关系只是众多外星文明关系的一种而已，事实上，外星文明之间的关系一共有九大种，黑暗森林法则构建出的文明与文明之间相互猜疑并且一见面就开火动手的情况，只是其中的一种而已。"

我："哦？这听起来有点意思，你怎么会知道外星文明的关系有九种的？"

他："因为我一直都在研究这个，而且研究很多年了。在我还上小学的时候，我就一直在思考，如果真的有许许多多的外星人，外星人之间的关系到底会是什么样的。我思考了很多年，又自学了博弈论，最后构建出了九种可能存在的关系，也就是说，除了《三体》里黑暗森林法则主宰下的炮火连天的情况，宇宙文明之间的关系还可以有其他八种模式。”

我：“能具体说说吗？”

他：“一种情况是一个外星文明发现了对方后马上逃走，或者想方设法隐藏自己，总而言之，就是铁了心和对方老死不相往来的宇宙文明交际策略。这种策略，我称为‘自我隐藏’模式。”

我：“就像是受了惊的小猫小狗。”

他：“对。还有一种情况是‘文明百花园’模式，就是两个文明都积极沟通，双方主动联系或者积极协商谈判，寻求和平发展共存之道。这种情况下，从博弈论的角度来说，虽然各自的收益不高，但是从全局的层面来看，合作取得的收益是最高的。”

我：“还有呢？”

他：“还有‘控制跟踪’模式，就是一个文明派遣探测器或者分裂出子文明对对方文明持续暗中跟踪监察，一旦有危险立刻消灭对方。如果没有危险也可能会尝试对对方的文明进程进行干涉，避免其威胁到自己。第四种模式我称为‘暗合作’模式，这种情况下，两个文明虽然没有接触，但是也能够达成某种共识，在不互相交流的情况下各自发展各自的文明，或者等待对方先答复再做出决定。这样做的逻辑基础是，既然我方文明能发现对方，那么很大概率对方也能发现我方，既然对方没有先袭击我方，说明对方可能是和平主义者，所以我方也不主动出击去惹怒对方。”

我：“这种模式其实很符合地球上的现实。就是看到路边有一只野狗的时候，当作没有看见，默默走过。因为你对它做出举动，它有可能来咬你。”

他：“就是这样。还有第五种模式，叫作‘全力防御’，指的是一个文明在发现外星文明后，会全力提升科技，做好战争准备，但不主动发起战争。第六种模式是‘唱双簧’模式，即一个文明制造出一个代理人或者一个‘内部敌对势力’，和对方文明一个唱白脸一个唱红脸，从而掌握文明关系发展的选择主导权，当然，也有可能是一方文明同时发出警告和合作两种指令让对方选择。”

我：“看得出来你真的是做了非常详细的思考。”

他：“那是当然，我说过我是专业的。我还没说完呢，第七种模式是‘主动投降’模式，指的是一个外星文明发现了另外一个外星文明后会主动投降、主动献殷勤，或者邀请对方侵略，这么做的目的主要是想融入对方文明或者获得对方支援，又或者是依附于对方发展。”

我：“这个很像是一些叛国贼的行为。”

他：“对。这种文明是非常自卑的类型，当然也有可能是宗教色彩非常浓厚或者是科技发展到了瓶颈的文明，他们认为文明内部的问题无法靠自己解决，所以才会寄托于其他文明。”

我：“真是可悲的文明，我可不希望地球是这种文明。对了，你刚才说有八种模式，那应该还剩下一种吧？”

他：“剩下的一种……就是‘自我毁灭’模式。”

我：“啊？自我毁灭模式？这怎么说？”

他：“自我毁灭指的是局部自我毁灭或完全自我毁灭。一个文明进行自我毁灭的原因有多种，局部自我毁灭可能是为了自保，弃车保帅。完全自我毁灭是为了避免比星际战争更差的结果，比如空间污染、降维打击等，这样至少可以保留文明演化的环境等待下一轮文明的诞生。这种文明很有可能是环保主义者或者是‘宇宙主义者’，他们会站在更高远的格局看待生灵和宇宙文明的关系。他们的科技可能是落后的，但是他们的道德和精神品质非常高尚。”

我：“嗯……那说了这么多，你觉得在宇宙中哪一种文明关系占据了主流呢？或者说，这些文明模式存在的数量都差不多，趋向于均衡了吗？”

他：“那得看条件了。如果宇宙的文明数量非常多，而且宇宙发展还在初期，那么黑暗森林法则下的战争模式很可能占比就高。但是从博弈论的角度来说，在涉及对方博弈，而且是中长期博弈的情况下，谋求所有群体整体最大利益的策略必然会慢慢打败其他自私的策略，渐渐成为主流。事实上，按照《三体》小说里的设定，外星文明数量是相当之多的，而且文明之间还随时有可能擦枪走火，这种背景下，从长期文明博弈的角度来说，建立星际联盟进行技术和资源共享，一起拉拢、收割其他第三方或者第四方孤立文明，壮大自己联盟的策略倒是更为可靠。”

我：“但是《三体》里主要还是讲述了文明之间的战争。”

他：“我曾经用博弈论的方法进行了文明博弈情况的分析，最后发现，黑暗森林法则能够让一个文明受益的概率只有4/9，其他的情况下，要么是这个文明撞上铁板，飞蛾扑火一般自我毁灭了，要么就是收益远远不如合作来得高。总而言之，宇宙文明法则的关系虽然非常复杂，但是终究逃不出数学重重推演的结果。因此，我认为我以后有必要专门写一本关于‘宇宙社会学’交往法则的书，来为人类文明的发展指引方向。”

之后，他还发了一张他自己制作的宇宙文明博弈的表格，通过非常严谨的博弈收益分析，来证明他的结论的正确性。说实话，因为专业不是很对口，我并不能完全看懂他构建的图，但是就我所能理解的部分，我已感觉自己大开眼界。

我："呵呵，那我就期待你的大作有一天能够问世了。"

到此，我和"文明观察者"之间的聊天就结束了。和他的这一次聊天，是我刚加入怪人社论坛不久后的事，如今虽然已经过去了多年，可我还是难以忘怀。在那一次谈话之后，我再也没有和"文明观察者"取得过联系，但是每当我在某个夜晚仰望星空时，都会想起他的话，想起他对外星文明之间关系的描述。

那时候，我会忍不住偷偷地想，也许有一天外星人真的来到了地球，他或许会成为连接两个文明的形象大使呢。

三十七、永生者

在我见到过的“怪人”之中，他是对生与死看得最透彻的。第一次见到他的时候，他蹲在地上，跟树底下的一块石头说悄悄话。当我靠近的时候，他又突然闭上了嘴，双手交叠着按在膝盖上，保持沉默。

我观察了他好久，才忍不住问他：“你在跟石头说话？”

他沉默了好一会儿，然后看也不看我地说：“它不是石头，它是人。”

我顿时来劲了：“石头怎么会是人呢？”

他：“为什么石头不是人？”

我：“那你说，这块石头哪里像人了？”

他：“人这个概念只是打个比方，因为在目前要表达有自我的生命体里，人这个概念比较容易被理解。”

我："好吧，那你说这块石头是人的根据在哪里呢？我所知道的生物可不是长这个样子的。"

他："没有什么根据，我说了你也不会相信的。但是这块石头以前不是这个样子，只是活了很久很久的年月才变成了石头的模样。"

我："为什么人活得久了会变成石头？"

他："因为它不是普通的人，而是'永生人'。"

我："'永生人'是什么？"

他："就是永远不会死的人，绝对不会死。"

我："啊？绝对不会死？"

他："对，就是绝对不会死。不管是从高山上掉下来，还是不吃不喝很久很久，都绝对不会死。"

我："以前我但凡和别人讨论这种不死的问题，都会问'如果有一台碎纸机把一个人碾成了碎片，那么他的哪一块碎片会复活'这样的问题。"

他："'永生人'不存在这样的问题。肉体只是永生人的一部分而已，更重要的是它们的意识。就算它们的身体被毁灭了，但是在世界上的另外一个角落，它们也会诞生出新的身体来。"

我："身体重生之后就会变成石头的样子吗？"

他："不是，重生之后的身体还是原来的样子。'永生人'的外貌是根据它们的意识改变形状的，它们有什么样的想法、有什么样的心情就会变成什么样。"

我："那这块石头形状的'永生人'有什么想法呢？"

他："没有什么想法，它已经睡着了，而且很难再醒过来。"

我："它为什么会睡着呢？"

他："因为活得久了啊，任何生命体永生了，都会变成跟石头差不多的样子。"

我："为什么呢？还是不懂……"

他："那我问你，你为什么会有手臂？"

我："当然是手作为工具器官很有用啊。"

他："这就对了，人有手，是因为他们需要手作为器官，不管是为了获取食物，还是为了自我保护，手都是必须的，不然没有手来采摘食物，人就有可能饿死。但是，对于一个不吃不喝也绝对不死的人来说，手还需要吗？"

我："这……"

他："脚也是一样。脚是为了能够跑步，为了躲避天敌、追求配偶、获取食物而存在的，但是如果一个生命体永远不会死了，他的脚还有存在的必要吗？"

我："那按照同样的逻辑来说，眼睛、嘴巴、耳朵等器官都没有存在的必要了吧？"

他："那是当然，眼睛也是为了生存而进化出来的，说白了就是为了捕捉电磁波，知道利用周围的环境来寻找食物或者躲避天敌。嘴巴、耳朵和身体里其他心肺脾肝等器官都是一样的道理。只要一个生命体永生了，那么这些器官就是多余的，都没有必要了。"

我："那么大脑呢？"

他："大脑当然也不需要了。你看到植物有过大脑吗？植物没有大脑照样活得好好的啊。人能够进化出智慧，主要是因为智慧有用，可以在生存进化中取得布局谋划、先人之机的优势，除此之外，大脑还可以用来控制身体各个器官运作，但是如果连其他器官都不需要了，当然就不需要大脑了。”

我：“说了那么多，你说的‘永生人’跟石头……或者无机物有什么区别？”

他：“在外观和形体上已经看不出区别了。想要看出它们和真正的石头的区别，只能耐心去感受，感受它们残存的一丁点儿自我意识，虽然这点自我意识很快会消失。”

我：“……但是别人都感受不到吧？”

他：“嗯，只有我能感觉到。所以我建议你不要来打扰我了，不然你也会被别人当成精神病的。”

我：“我只是好奇，所以看看。我觉得你跟真正的精神病还是不太一样。你刚才跟这块石头说话，在说什么呢？”

他：“我只是问问它永生的感受。”

我：“永生的感受？”

他：“对的，我们这些短暂的生命体是没有办法理解永生的生命体的真正感受的。我刚才跟你说的器官消失，只是很肤浅的一部分，对永生的人来说，更值得去研究的是它们内心的变化。”

我：“永生的人内心会怎么变化呢？”

他：“这个就说来话长了。很多电影里都会有反派希望永生不死的情节吧？但是永生久了，并不是什么特别有趣的事。永生只会在刚刚开始一阵子感到快乐，但是时间长了，永生者就会比死了还要痛苦。”

我：“永生比死了还痛苦？”

他：“对的。试想一下，你的舌头能够体验到各种味道，是因为舌头需要通过对物体味道的识别来判断食物有没有营养、有没有毒素，但是对于一个永生的人来说，反正不管他吃了什么都不会死，就不需要味觉感受了，所以他会慢慢失去味觉。一个人失去了味觉之后，他就会失去很多乐趣了。”

我：“这么说似乎也有道理。”

他：“除此之外，对异性也会丧失兴趣。你别看现在人类的娱乐活动很多，各种电影、游戏、小说泛滥，但是大多数文化产品的内核归根到底无非就是几点：得到爱情体验和社会成就的感觉。男孩子玩游戏打打杀杀，说到底来自动物培养猎杀捕食能力的天性，女孩子看爱情电影，说到底是为了获得爱情的幻想或者体验，这些都是为了生存或者繁衍而衍生出来的兴趣。当一个人永生的时候，他再去看那些所谓的爽文小说，就不会有什么感觉了。因为当‘永生人’看到故事里的主人公为了功成名就、娶妻生子而奋斗的时候，是不会有什么代入感的。娶妻生子嘛，无非是为了基因的传承和繁衍，功成名就嘛，说到底是为了在生存资源或者性资源竞争中取得优势。但是一个人一旦永生了，就不会再追求这些了。”

我：“这……似乎有点太过极端了吧，其实很多时候人都是自己给自己定目标。”

他：“目标这种东西只是暂时的，甚至一个人大多数的目标都离不开‘生存’和‘性’这两种东西。”

我：“那追求真理呢？研究物理规则不是为了生存和繁衍吧？”

他：“但是人的好奇心终究是来自动物寻找环境中的资源的本能啊。试想一下，在生物体之中进化出了一些胆子大、对未知事物有好奇心的物种，所以它们能够去未知的领地探索，然后意外地找到新的资源，比如第一个吃螃蟹的人，就是因为好奇心才发现了螃蟹这一新的食物体系，获得了更多的生存资源。因为在生物进化过程中，基因被刻印进了‘未知有可能意味着生存资源’的指令，这才有了好奇心这个东西。但是一个人一旦永生了，好奇心也就没了。”

我：“嗯……好吧，当一个人没有了味觉，没有了异性冲动，没有了好奇心，没有了喜怒哀乐，甚至也没有了对死亡的恐惧，他活着的确已经没有什么意思了。甚至可以说，他其实就已经死了。”

他：“这是大体上的，如果一个人永生了，他还会有其他的体会，这些都是我以前没有想过的。”

我：“还会有其他的体会？”

他：“比如说，如果你永生了，你就不会珍惜任何人了。再漂亮的女子你都不会去珍惜，因为人脸和身体以及性格的组合可能性是有限的，对于永生的你来说，在漫长的人生里迟早会出现在外貌和性格上都很相似的女子，所以既然任何人都会再次出现在你的面前，你就不会去珍惜任何人了。你可以毫不留情地弄死一个人，因为对你来说，只是把一堆沙子做成的城堡给弄散了而已，过一阵子就可以重新建立起来。而且，对于永生的人来说，不存在‘急切’或者‘耐心’这些概念，人类的紧迫感是因为人类的生命有限，对于‘永生人’来说，它的耐心是无限的。而且，当一个人永生的时候，时间概念也会模糊，乃至消失，一秒钟和一万年都不再有什么区别了。因为人脑时间感知的功能，是为了警醒主人生命有限，要赶紧寻找食物，赶紧找到配偶传承基因而存在的，‘永生人’不需要时间感知的功能了。他眼睛一闭一睁，可能就是亿万年，再一闭一睁，可能只是过了一秒钟。”

我：“简直……就像是神。”

他："不是神，这个世界上没有什么神，但是'永生人'是真实存在的。现在你明白，为什么'永生人'会变成石头了吧？"

我："明白了，因为无欲无求。"

他："对，无欲无求。无欲无求地活着，就跟死了没有区别。"

之后，我又蹲在他的身边，跟他一起盯着那块普普通通的石头看了好久好久。

又或许只是看了短短一会儿。

最后，我站起身，轻轻地走远了。

而他还蹲在那里，很久，很久。

很久以后，我再次经过那棵树时，发现树底下多了一块石头。

就在他蹲过的位置。

有时候，我会暗暗思考：到底是形体和功能定义了生命体，还是生命体的需求衍化出了形体？

三十八、套子人

他：“你可能知道人是什么样子，但是你不知道人和人之间是什么样子。事实上，当人和群体接触时，会变成和独处时完全不同的形态。”

那一次的聊天彻底改变了我对人与人之间关系的认知，甚至是彻底改变了我对于人真正该有的模样的认知。当然，在此之前我的认知就已经因为形形色色的“患者”的言论而进行了调整，但是我可以说，和他的聊天是对我的认知最颠覆的一次。

和很多的病患一样，他是被他的妈妈带到院里来的。第一次来时，他一直坐在房间的角落里不怎么说话，他妈妈则跟我述说着他的情况。

我：“您儿子是什么情况？”

病人妈妈：“他就是老画一些莫名其妙的东西。”

我："什么样的东西？"

病人妈妈递给了我一沓白色的稿纸，在第一张稿纸上，我看到上面画了七八个潦草的人，肢干伶仃，虽然不至于像是火柴拼接起来的，但是比起小孩子画的人物图就稍微像样一点。当然，诡异的是，纸上的小人头顶上都戴着一条长长的黑色筒袜，筒袜的一端连接着自己的脑袋，另一端则是连接着另外一个小人。这些小人通过头顶上的筒袜互相连接头部，而且由于每个小人的头顶上都会延伸出一条长筒袜，以至于一些小人的长筒袜互相套着对方的脑袋时会出现互相叠加的情况，最后形成了你中有我，我中有你的结构，乍一看，有点像是一个"回"字。

我又翻到了第二张稿纸，在第二张稿纸上，小人头上的长筒袜比第一张多，甚至有些长筒袜还可以一次把两个甚至是三个人的脑袋给套进去。

之后我又翻到了第三张稿纸，这张稿纸上的小人更多了，而小人头上的长筒袜数量也变得更多。看起来就好像是一个长着几只尖角的怪人，把尖角扎向了别人的大脑，而别人也同样把尖角扎向了他。

之后我又大概翻看了一下后面的稿纸，发现这厚厚一沓稿纸上的内容大同小异，都是一群人，头上戴着长筒袜，之后就是用头上的长筒袜套别人的头，只不过越到后面小人的数量越多，每个人头顶上的长筒袜数量也越多。

我："这些画我大概看了一下，我觉得画风都正常，没有什么问题，说明您儿子没有空间逻辑想象力层面的问题。您让我看这些，是想说明什么？"

病人妈妈："你要是单单看这些画，是没有什么问题。问题出在我儿子天天画这些东西，不管在什么样的地方，只要他想到了，手里有能画画的笔，就会忍不住去画。”

我：“这样？那您儿子有说他画这些图的原因吗？”

病人妈妈：“我儿子说过，但是他说的那些话都是神神道道的，跟着了魔一样。他老是说，每次他看到别人在交流，脑海里就会看到他们的头上长出套子，把对方的脑袋罩住。我老公说这孩子肯定是中邪了，但是我不相信那些歪理邪说，所以就带他来看看。来，满满，你过来跟医生说说，你为什么要画那些稀奇古怪的东西？”

病人（满满）：“……”

我：“你画这些东西一般是在别人谈话的时候，是吗？”

他：“是的。”

我：“你为什么画这些东西？”

他：“就是想画。每次我看到别人在那里说话，就会看到他们的头顶上慢慢长出像袜子一样软软的、长条形的东西，把对方的脑袋给套住。然后过一会儿，被袜子套住了脑袋的人也会长出套子，又反过来把先前那个人套住。之后两个人不断地互相长出新的套子套住对方，最后连脸都看不见了。”

我：“所有人的头上都会长出这样的袜子吗？有没有不长的情况呢？”

他：“也有啊。比如小孩子的头上就很少长袜子，可能是他们的心思比较单纯吧。”

我：“你说心思单纯？这是什么意思？”

他：“我只是猜的。我觉得，可能我能看到别人头上长出袜子来，跟他们心思的复杂程度有关系吧。”

我："所以，心思越简单的人，头上越没有袜子，心思越复杂的人，就越会用自己的袜子去套别人的头？"

他："对的，根据我自己的观察、总结，差不多是这样子的。就是因为我老是看到恶心的袜子，现在都不太想去跟人接触了。那些头上有袜子的人，我只感觉到恶心、臭气熏天，只想躲得远远的。"

我："那你看看我头上的袜子多吗？"

他抬头看了我一眼，然后摇了摇头："看不出来，我不是什么时候都能看到别人头上的袜子的。"

我："那有什么规律吗？"

他："有点随机的感觉，有时候一天能看到七八次，有时候一次也看不到。"

我："那最近这段时间，看到别人头上袜子的次数多吗？"

他："多，频率变高了。前天，我就看到了20多次，我太难受了，难受得想吐。我忍不住把他们画下来，然后就被他们打了。"

我："被他们打了？"

他："他们以为我是故意画他们的，画丑了羞辱他们。但是我没有那个意思，就是忍不住想画，要是不画，他们头上长袜子的画面就会一直卡在我的脑子里，怎么也不会消失，特别难受。"

我："你没有尝试着去忍住不画吗？"

他："我当然试过啊，但是没有用，我忍不住，太难受了，要是不画这些东西，晚上是睡不着的，一闭上眼睛就会发现自己站在人群里，眼前都是头上罩着黑色长筒袜的怪人。我看不清他们的脸，一个个都垂着脑袋，互相点头鞠躬似的站在一起，密密麻麻的，实在是太吓人了。"

我：“那你晚上睡觉的时候，脑子里冒出来的都是你熟悉的人吗？”

他：“是的，都是熟人。”

我：“那对你来说什么样的人头上套的袜子最多呢？你有没有去尝试着刻意避开这一类特定的群体？”

他：“一般来说，地位越高、越是有钱的人，头上的袜子就越多。比如一些企业的老总什么的，特别是在饭桌上，‘套子人’是最多的。有一次，我爸爸带我去西湖吃火锅宴，那次在宴会上，来的都是一些企业的老板或者亲眷，我看到这些人头上的袜子就像蚯蚓一样长长地伸出来，不断地互相套到对方的头上。那时候我看到这个景象，就知道他们很可能就是在互相盘算，我觉得很恶心，有种想吐的冲动。那次晚宴我待了不到20分钟就跑了，我爸还骂了我一顿的。”

我：“这种情况是什么时候开始出现的？”

他：“具体时间记不太清楚了，已经有四五年了，最开始好像就是在学校里上课的时候，看到两个同学在吵架，然后突然能看到他们头上的袜子了。那时候我还以为自己是中暑了，没有太在意。但是后来，这种情况越来越频繁了。”

我：“你对你的这种情况是有过思考的吧？”

他：“是啊，可是我妈妈听不懂，我家里人都听不懂我的话。其实我觉得，这可能是我的一种超能力。”

我：“你觉得这是一种超能力？”

他：“算是吧。如果我真的能看到别人复杂的心思，能看出别人的心理博弈层级的话，说不定我算是有了一种特殊的能力。虽然我不想要这种能力。”

我："心理博弈层级是什么意思？你刚才没有说过这个。"

他："就是袜子的数量啊。我发现，如果有两个人在那里互相猜对方下一步要做什么的时候，他们头上的袜子就会变得很多，变成你套着我，我套着你，你又套着套着你的我……这样一直互相套下去。比如有一次，我在街上看到两个老人在那里下棋，他们头上的袜子互相叠加，叠了有五六层，我觉得我可能是看到了他们猜测对方下棋落子时的步数吧。下棋的人擅长预判别人接下来的步骤，可能会有一种'我预判你怎么预判我'这样的逻辑，所以我能看到他们头上的袜子。"

我："你这么说我倒是明白了。我觉得，你的这种情况可能跟你的家庭背景有关系。你爸妈都是做什么的？"

他："做生意的，经常跟人打交道。"

之后，根据病人妈妈的描述，病人的亲戚都是做贸易的，接待客人、喝酒请宴可以说是家常便饭，有时候甚至因为家里太过忙碌，无法照看病人，我觉得，病人出现这种情况和家人忙于生意缺乏关照有一定的关系。当然，我还是建议病人去做一次脑部检查。

但是检查的结果是他的大脑一切正常，并没有器质性的病变。

也就是说，他的这种情况并不是因为脑部受损而出现的精神分裂症的症状。看来，心理层面的某些刺激就是这种症状的诱因了。

但是具体的诱因究竟是家人多年的生意生涯给病人的心灵带来了不可磨灭的刺激，还是其他因素，我到最后也未能知晓。

对于病人所说的"套子人"的世界图景，我一直难以深入领会。直到多年后，在一次单位组织的逻辑思维导图培训课上，讲课老师从社会学层面切入，讲述了一个关于人和人之间关系的"主体间性"概念时，我才能多少洞悉到那个病人的“能力”。

所谓的主体间性，就是一个人对他人意图的推测与判定。这个概念由拉康提出，针对笛卡儿的“我思故我在”，拉康提出了相反的思想：“我于我不在之处思，因此，我在我不思之处。”

本质来说，就是拉康认为“我思”与“我在”不是同一的。而“自我”要被定义，则必然需要社会性。就好比一个人被贴上了“拥有学位证书”的标签，在社会人的眼里就会比没有学位证书标签的他更强。

这个依赖于社会性的自我概念，是对笛卡儿的“我思”主体的最大摧毁，也是对现代性思想根基的摧毁。

或者，那个叫满满的病人眼里看到的“套子人”，就是社会个体之间不断互相映射和判定后所形成的“思想体”吧。

在不知不觉间，他已经在思想层面对人类的形态下了定义，而不单单局限于五官、四肢这样的物理形层面的形态特征。

或许，如果存在外星人的话，“套子人”才是它们眼里人类真正的模样呢。